Cuentos Puertorriqueños de Hoy

Abelardo Díaz Alfaro, José Luis González, René Marqués, Pedro Juan Soto, Edwin Figueroa, José Luis Vivas, Emilia Díaz Valcárcel, Salvador de Jesús

Prólogo, selección y notas de
René Marqués

editorial cultural

CALLE ROBLE NO. 51
RIO PIEDRAS, PUERTO RICO 00925

Primera edición:	1959
Segunda edición:	1968
Tercera edición:	1971
Cuarta edición:	1973
Quinta edición:	1975
Sexta edición:	1977
Séptima edición:	1981
Octava edición:	1985
Novena edición:	1987
Décima edición:	1990

Francisco M. Vázquez
Editor

Impreso en E.U.A.

A José Luis González,
pionero de la promoción de cuentistas de 1940.

A Concha Meléndez,
primera estudiosa de nuestra literatura
que dio beligerancia a la obra cuentística
de dicha promoción.

It is merely a lack of intelligence to refuse the experience embodied in the past; but it shows an even greater lack of intelligence to refuse the experience embodied in the present.

HERBERT READ, *The Nature of Literature.*

ÍNDICE

PRÓLOGO

PRÓLOGO

EL CUENTO PUERTORRIQUEÑO EN LA PROMOCIÓN DEL CUARENTA

ANTECEDENTES: LA GENERACIÓN DEL TREINTA

La llamada Generación del Treinta, que precedió a los cuentistas cuya obra interesa a este volumen, se nos revela hoy como un fenómeno muy definido y significativo en la historia de nuestra literatura. Es, quizás, el primer movimiento consciente de una voluntad nacional.

Nutrieron la orientación de tal generación, el soterrado caudal de figuras aisladas de nuestro pasado literario. Parece probable que de Manuel Zeno Gandía tomara la implacable objetivación del mundo circundante como recurso literario de dramática efectividad. De Miguel Meléndez Muñoz, su honda preocupación sociológica. De Luis Lloréns Torres, su afán de poetizar lo autóctono, lo *típico* puertorriqueño, preocupación que había tenido ya noble y remoto precedente en *El Gíbaro* de Manuel Alonso. El enfoque irónico de Nemesio Canales también habría de influir, a nuestro juicio, en algún que otro escritor de esa generación que ha cultivado con éxito la ironía. Pensamos de inmediato en Emilio S Belaval con sus *Cuentos para fomentar el turismo*. Esta vena irónica no resulta, sin embargo, característica del grueso de la expresión literaria en los años que nos ocupan. Realismo, costumbrismo, preocupación social y revalorización poética de lo puertorriqueño, son las notas que se funden en distinta medida en la obra de estos años fecundos.

Lo significativo de la década es el esfuerzo consciente de los escritores por lograr una ubicación auténticamente puertorriqueña frente a dos fenómenos de consecuencias graves: la tradicional dependencia literaria del escritor insular en relación a España, y la alarmante penetración política, económica y cultural de Norteamérica en la Isla.

El problema trasciende el campo literario. Su planteamiento tiene carácter de urgencia nacional. *Revalorización* parece ser la palabra clave de esos años. En lo político, se agudiza el sentimiento nacionalista por un lado y surge, por otro, la conciencia de una inaplazable reforma social. En lo literario, proliferan los estudios hispánicos. Y se inician auscultaciones serias y responsables de la cultura puertorriqueña. Antonio S. Pedreira y Tomás Blanco, entre otros, exploran problemas cruciales de nuestra personalidad y destino de pueblo en sus obras ensayísticas.

El resultado se traduce en una razonable liberación del "coloniaje" literario de España. Y en una mayor conciencia de valores nacionales que se alzarán como valla ante la penetración cultural y política norteamericana. El escritor puertorriqueño reconoce así su raíz española, pero se siente ahora más capacitado para hacer su propia aportación expresiva al amplio mundo lingüístico al cual pertenece.

De otra parte, se empieza a explorar, en los géneros narrativos, un mundo nuevo, ya descubierto por los poetas: Hispanoamérica. Concha Meléndez, con sus estudios hispanoamericanistas, hace valiosa labor pionera que aprovecharán los creadores. La novela hispanoamericana "de la naturaleza" influye más decisivamente que la española en los narradores puertorriqueños durante los años del treinta. Es Enrique A. Laguerre el más alto —si no el único— exponente de la nueva novela insular surgida del movimiento literario de esa década.

El género dramático, afín en gran medida a los narrativos, experimenta también la sacudida de una decisiva renovación. El reducido grupo de dramaturgos y comediógrafos de la Generación del Treinta limpia nuestros escenarios del neoclasicismo y el romanticismo, pesadas momias del pasado siglo que aún se permitían asomar sus anacrónicas cabezas en los escenarios locales.

Por lo menos, en algunos aspectos, el Teatro fue más allá de lo que fueron los géneros narrativos. Mencionamos, como ejemplo, la superación del costumbrismo que nunca desapareció del todo en la producción cuentística de ese período. En términos generales, podría apuntarse que la Poesía, el Teatro y el Ensayo recorrieron más extenso camino en esos años que el Cuento y la Novela. Salvo casos aislados, como Laguerre y Belaval, no encontramos un grupo consciente de misión renovadora entre los narradores de ese período. Por el contrario, junto al realismo social y al costumbrismo de la década, sigue cultivándose, paralela y bastante profusamente, la ya, para esa fecha, superada forma modernista (y aun la modalidad romántica) del género cuentístico.

La promoción del cuarenta

La promoción de narradores jóvenes que logra o inicia su formación literaria en la década del cuarenta, da comienzo a su tarea, en buena medida, como continuación lógica del movimiento del treinta que le precede. Se benefician los jóvenes, además, de las ligaduras rotas por sus predecesores: no se sienten inferiores frente a la literatura contemporánea peninsular. Añádase un hecho histórico de importancia: la literatura española, durante los años que van de la guerra civil (1936) a la conclusión de la segunda guerra mundial (1946), parece ser en los géneros narrativos —y vista desde Puerto Rico— poco menos que un desierto. Quizás ello se deba a que ambos conflictos bélicos habían cerrado prácticamente toda vía de comunicación literaria entre ambos mundos contemporáneos: el español y el puertorriqueño. Más acá de la Generación del 98, muy poco parecía ofrecernos España.

Los jóvenes se vuelven hacia la América Hispana. Pero hay dos factores que contribuyen a limitar ese horizonte. La segunda guerra mundial había también entorpecido la escasa comunicación con los países hermanos. Y luego la brecha abierta por los narradores puertorriqueños del treinta no fue tan profunda como para llegar hasta las expresiones novelísticas y cuentísticas de vanguardia en Hispanoamérica, aquellas precisamente que pudieron haber tenido mayor afinidad con los nuevos escritores. Ni siquiera el argentino Eduardo Mallea —reconocido ya en esos años— se descubrió o estudió, y mucho menos difundió, por los escritores puertorriqueños de la década del treinta.

Los espíritus más alertas de la nueva promoción se sienten decepcionados. Experimentan la necesidad de ir más allá de Quiroga, más allá del indigenismo, más allá de la "novela de la naturaleza" a lo Gallegos, más allá también del realismo social a lo Juan Bosch. Se vuelven entonces hacia un campo asequible y virgen: la literatura norteamericana contemporánea. Abren en él generosa brecha que les conduce, por rodeo lógico, a las nuevas expresiones literarias de Inglaterra y Europa, estas últimas a través de traducciones al inglés publicadas en los Estados Unidos.

Ya en plena producción, y a mediados de la presente década —normalizada del todo la siempre precaria comunicación editorial con la América Latina después de la guerra de Corea— descubren los jóvenes puertorriqueños que otros habían estado haciendo allí lo que ellos hacían ahora en Puerto Rico: el argentino Jorge Luis Borges, el cubano Lino Novás Calvo y —más tarde aún— el venezolano Guillermo Meneses en su última época, entre otros. Pertenecientes a distintas generaciones y promociones, pero habiendo abrevado en fuentes literarias extranjeras idénticas, hijos además de una misma época y con sensibilidades y preocupaciones estéticas similares, hay notable afinidad entre este puñado de hispanoamericanos y varios de los escritores puertorriqueños de la generación del cuarenta. Va sin decirse que los hispanoamericanos gozan de ventajas obvias en relación a los jóvenes escritores puertorriqueños. En primer lugar, la madurez y depuración lograda por la experiencia de una ya larga tarea literaria; en segundo lugar, el dominio de la lengua propia, problema siempre álgido para el "bilingüe" escritor de Puerto Rico. Los puertorriqueños de la nueva promoción tienen en cambio una ventaja: precisamente su juventud, una juventud consciente y alerta, que puede quizá llevarles más lejos —si perseveran— de lo que han ido los ya duchos escritores hispanoamericanos.

Por lo menos en un aspecto, la nueva promoción sigue fielmente la trayectoria señalada por los escritores insulares del treinta llevando ésta hasta sus últimas consecuencias. Nos estamos refiriendo a la implacable, exhaustiva exploración de lo puertorriqueño como material a ser transmutado al plano poético.

Sin embargo, los jóvenes escritores tienen también algo que aportar a la literatura nacional. Y es precisamente esa aportación lo que da, en gran medida, la tónica a la expresión literaria durante los últimos once años: 1948-1959.

Como lo hizo la generación anterior, descubre la promoción del cuarenta nuevos filones dramáticos en la realidad inmediata, incorporando así temas inéditos a la literatura puertorriqueña. Introduce, además, por vez primera en nuestra expresión literaria contemporánea, serias inquietudes metafísicas. El problema existencial del Hombre determina el enfoque de una buena parte de la producción joven, bien desplazando, o bien fundiéndose o integrándose a la inquietud social y política del puertorriqueño. Con esto último quizá se logra lo que se intentó, sin lograrse del todo, en la década del treinta: una expresión literaria de honda raíz autóctona, pero con amplia proyección universal.

Otra aportación lógica de los jóvenes escritores es la innovación formal y estilística, inspirada en las tendencias estético-literarias de Francia, Inglaterra y los Estados Unidos. Se incorporan así nuestros géneros narrativos (también el dramático), sin retraso ni vacilaciones, a las expresiones literarias de vanguardia del mundo occidental contemporáneo. Quizás es el presente uno de los pocos momentos en la historia de la literatura puertorriqueña, cuando sus expresiones en prosa no van a la zaga de la estética que impera en Occidente.

Ha de entenderse, sin embargo, que, si bien la responsabilidad innovadora estuvo mayormente en manos de la nueva promoción, varios de los escritores de la Generación del Treinta, activos en el quehacer literario durante los últimos años, han evolucionado hacia esas nuevas corrientes que caracterizan a la literatura actual. Un buen ejemplo de ello es el Enrique A. Laguerre de *La ceiba en el tiesto.* De modo similar, cuando surgió el movimiento de los años de 1930, algunos escritores pertenecientes a la promoción del 1920 se unieron a las corrientes innovadoras de aquella década: ley natural y lógica en el desarrollo de toda literatura nacional.

Características de la nueva literatura

Temática

Bajo la influencia decisiva de su propio trasfondo histórico —Puerto Rico de 1940 a 1959— nuevos temas se incorporan a nuestra literatura. El fenómeno nacionalista puertorriqueño, la industrialización y sus consecuencias morales, psicológicas y sociales, la participación del puertorriqueño en la guerra de Corea, el Tiempo como problema filosófico y la soledad existencial del Hombre, son algunos aspectos de la temática utilizada. De modo simultáneo, el escritor se aparta de la vida rural para adentrarse decididamente en los problemas del habitante urbano. Es José Luis González con su colección de cuentos *El hombre en la calle* quien inicia en 1948 esta trayectoria.

Pero hay, además, un hecho significativo: la irrupción de la mujer como protagonista en la nueva literatura. Son posiblemente los de la promoción del cuarenta, los escritores puertorriqueños que logran caracterizaciones femeninas de mayor altura trágica y de más honda penetración psicológica, tanto en el teatro como en los géneros narrativos. Hasta entonces la mujer, como personaje, no había pasado de ser figura secundaria en nuestra literatura. Aun en las pocas ocasiones que aparecía protagonizando el relato, no conseguía del todo su emancipación como creación vigorosa e independiente. Podía girar el relato alrededor de ella, pero no era ella, en último análisis, la fuente original y voluntaria que desencadenaba la acción dramática. Siguiendo quizá patrones establecidos en nuestra sociedad de entonces, la mujer en la literatura puertorriqueña no lograba alcanzar, como personaje, el derecho a ser hacedora consciente de circunstancias.

El feminismo puertorriqueño había ya obtenido la igualdad política, pero no había logrado —ni en verdad lo había pedido o intentado— destruir la estructura social y cultural establecida. Fue con el vendaval democratizador iniciado desde 1940, que la sociedad puertorriqueña dio un rápido viraje hacia el matriarcado estilo anglosajón. Los patrones culturales y éticos de una estructura social basada en la tradición del *pater familiae* se deterioraron y sucumbieron con vertiginosidad tal que quedó demostrada claramente la poca estima que de esos patrones y valores tenía la sociedad puertorriqueña.

Lo anterior puede explicar por qué la mujer ocupa frecuentemente en la literatura actual destacado lugar protagónico. Quizá también explique por qué no siempre aparece ella bajo luz benévola o halagüeña. Los responsables de esa literatura han vivido precisamente el auge inicial del matriarcado norteamericano en Puerto Rico y, plausiblemente, algunos de ellos no han logrado aceptar, con tanta docilidad como sus congéneres estadounidenses, el papel de meros proveedores que la matriarca les ha asignado dentro de ese patrón cultural que es hoy común a ambas sociedades.

Paisaje

Resulta revelador descubrir la nueva perspectiva de los autores jóvenes respecto al paisaje que les es propio. No ven ellos ya a su tierra como "Isla del Encanto" o "Perla de los Mares". El paisaje ante el cual se extasiaran nuestros poetas románticos y que destacaran amorosamente nuestros costumbristas, pasa a ocupar un lugar muy secundario en el grueso de la literatura narrativa. El Hombre y sus problemas —políticos, sociales, psicológicos o metafísicos— ensombrecen la visión del paisaje, en ocasiones la eclipsan por completo.

Cuando el narrador de la promoción del cuarenta da beligerancia al paisaje en sus cuentos, lo hace casi siempre en función psicológica del protagonista. El trasfondo natural, descrito o percibido fragmentariamente a través del paisaje, revela estados de ánimo de éste. Es decir, el paisaje se subjetiviza. En manos del escritor es ahora instrumento "funcional", no objetivación para el goce estético *per se.*

Habiéndose transferido, además, el lugar de la acción, del campo a la ciudad, el decorado de fondo de esta literatura resulta ser primordialmente urbano: calles, fábricas, edificios de apartamientos, postes de alumbrado público, hilos telefónicos, luces de neón, anuncios comerciales, aeropuertos, tiendas, torres de acero, casuchas arrabaleras, hoteles para turistas, prostíbulos, restaurantes, autobuses, bares, en fin, todo lo que se ofrece diariamente a la visión del habitante de la ciudad, integra el "paisaje" de una buena parte de la producción literaria de este período.

Enfoque

Con el abandono de la zona rural, el escritor, generalmente, abandona también el enfoque costumbrista. En el género del relato corto, los escritores más representativos de la nueva promoción dejan de cultivar una modalidad amable y pintoresca, muy apreciada en períodos anteriores: la *estampa* o el *cuadro.*

Al minimizarse el paisaje, y con él todo el mundo exterior, para subrayar al Hombre en sí y su problemática, la expresión literaria se torna acentuadamente psicológica. La acción se internaliza. Es decir, el movimiento físico se reduce a un mínimo. Lo que cuenta como acción es el movimiento psicológico, los pensamientos y estados de ánimo del personaje.

Las fuerzas que antagonizan y aplastan al Hombre no emanan ya *solamente* de la Sociedad —como en la llamada "literatura social", tan en boga en la década del treinta— sino de lo más oscuro de la conciencia del propio individuo. Pero surge otra fuerza aparentemente ajena, tanto a la Sociedad como al Hombre. Es una fuerza metafísica innombrada, la misma quizá que los griegos denominaron Destino, la misma que el mundo cristiano llamó Dios, pero que el hombre actual no se atreve a definir o bautizar.

El pesimismo, imperante en nuestra literatura narrativa desde finales del siglo pasado, se acentúa en los jóvenes escritores.[1] La pupila observadora del creador se hace cruelmente incisiva, penetrando más allá del superficial optimismo de la actual vida pública puertorriqueña para

1. El autor ha ampliado la auscultación de este problema en su ensayo *Pesimismo literario y optimismo político: su coexistencia en el Puerto Rico actual.*

descubrir síntomas perturbadores en el cuerpo social. Dentro de esta perspectiva pesimista merece destacarse el impulso de autodestrucción que caracteriza a un buen número de personajes literarios puertorriqueños. Hay en la nueva literatura narrativa una alarmante cantidad de suicidas, bien literales o potenciales. Los amantes de las estadísticas podrían relacionar el hecho literario con una realidad social que les revelan los números: Puerto Rico es el país católico con más alta incidencia de suicidios en el mundo.[2] Ambos fenómenos —el estadístico y el literario— quizá tengan su raíz psicológica en la agudización, durante los últimos años, del complejo de culpa inherente a un pueblo colonial que no ha logrado el hallazgo de una salida airosa a su secular encrucijada de colonia.

Otro factor que caracteriza una parte sustancial de la nueva literatura narrativa es el tratamiento audaz del sexo como legítimo recurso literario. Habiendo desaparecido de la sociedad puertorriqueña el tradicional *tabú* que forzó siempre el uso del eufemismo o el circunloquio al abordar el tema, los autores jóvenes pueden ya utilizar el sexo como símbolo poético o como recurso dramático para ilustrar problemas y conflictos del hombre actual.

Ante ese hombre de hoy, hecho personaje literario, atrapado en la red de fuerzas contradictorias, el escritor se torna implacablemente objetivo. No juzga, sermonea ni moraliza para beneficio del lector. Examina, hurga, escruta y luego sintetiza en plan estético, sugiriendo, estilizando, dando meros atisbos a través de un símbolo, hiriendo la sensibilidad con un vocablo crudo o poco usual —en

2. United Nations: *Demographic Yearbook 1951*. Independientemente de lo arriba indicado en cuanto a países católicos, Puerto Rico ocupa el *cuarto lugar* entre los cinco países de tasa anual de suicidios más alta del mundo.

ocasiones con neologismos— estimulando la percepción sensorial con inéditas voces onomatopéyicas, forzando así al lector a una colaboración activa, creadora, en la que éste ha de poner en juego y al máximo sus facultades afectivas e intelectuales.

En muy pocos cuentos de la presente colección podría descubrirse un mensaje obvio o la articulación de una moraleja. El escritor se sitúa generalmente, como observador objetivo, más allá del bien y del mal. Revela y denuncia, pero se abstiene de *juzgar* personajes y situaciones, dejando la responsabilidad del juicio definitivo en manos del lector. Sin ser ingenuamente moralizante, como buena parte de la expresión literaria anterior, la nueva literatura revela una honda y madura preocupación moral y ética.

Técnica y estilo

Chocan, se entremezclan, y en ocasiones se funden armoniosamente, dos recursos estilísticos en la nueva literatura narrativa.

El primero se caracteriza por su laconismo, por su aparente desnudez literaria, por la economía de adjetivos. Las oraciones son cortas. En ocasiones se conserva esta característica artificialmente, cortando, de modo más o menos arbitrario, una cláusula extensa en dos o más oraciones. La sintaxis, no obstante, es, por lo general, correcta. De expresión aparentemente sencilla, este recurso puede contener —si lo maneja un escritor hábil— enorme carga de emoción y sugerencia poética, en la cual hasta las pausas y silencios cuentan para el goce estético. En manos de un escritor torpe o inexperto puede, sin embargo, dar como resultado un estilo meramente pedestre. Hemingway en la literatura norteamericana y Camus en la francesa, lo han manejado con raro éxito.

El segundo recurso es, hasta cierto punto, opuesto al anterior. Se intenta un desbordamiento expresivo que —para lograrse— ha de transgredir en ocasiones las estrictas leyes gramaticales. Las oraciones suelen ser desusadamente extensas. A veces un largo párrafo consta de una sola oración. En ocasiones, una cláusula ocupa toda una página del texto. Esto, desde luego, no es nuevo en literatura. La novedad estriba en que la sintaxis se viola *intencionalmente,* y la puntuación no sigue el rigor gramatical, sino el ritmo poético o dramático que el autor cree más efectivo para lograr sus fines. El escritor crea así una sensación de torbellino o caos estilístico que, al ser recorrido por el lector, dará a éste precisamente la sensación vertiginosa de la acción que se describe o la del caos emocional en que se halla determinado personaje en ese instante de la narración.

Si hay un torbellino formal, lo hay también respecto al contenido. Si en la forma se viola intencionalmente el rigor gramatical, en el contenido se desea violar el rigor lógico por el mismo motivo ya apuntado. Un ejemplo de ello —en el género poético— es la interminable, abigarrada y aparentemente ilógica enumeración de objetos y actos disímiles, inconexos, que hace Pablo Neruda en sus mejores poemas de *Residencia en la Tierra.*

En los géneros narrativos el recurso se hace difícil y complejo. Puede alcanzar alto valor estético en manos de un escritor experimentado que posea, además, pleno dominio de su lengua. Pero puede degenerar en la confusión inintencional o en el mero disparate si lo manejan las manos inseguras del neófito. Joyce en la literatura inglesa y Faulkner en la norteamericana, lo han utilizado con efectividad y maestría.

En cuanto a recursos técnicos, es el "stream of consciousness" (fluir de la conciencia) o *monólogo interior,* la incorporación más importante hecha a la literatura puertorriqueña actual. De origen francés, este recurso tiene su probable raíz en las teorías psicoanalíticas de Sigmund Freud. Fue en la literatura anglosajona, sin embargo, donde logró ulterior desarrollo hasta obtener su más alto grado de perfección estética en la inglesa Virginia Wolf, el irlandés James Joyce y, entre otros norteamericanos, el sureño William Faulkner.

Resulta un tanto difícil separar este recurso técnico del segundo recurso estilístico que describimos más arriba, quizá por el hecho de que la técnica del monólogo interior se expresa a menudo por medio de aquel estilo. Intenta el "fluir de la conciencia" darnos el proceso subconsciente del personaje en toda su compleja maraña de imágenes, asociaciones y reacciones. Dijimos ya —al hablar de estilo— que se trata de dar la *sensación* de torbellino o caos. Sensación nada más, téngase presente. Del auténtico caos del mundo que yace más allá de la conciencia, tiene el escritor que extraer un mundo estéticamente coherente y lógico. Pero —y esto es quizá lo realmente difícil— no tan coherente y lógico como para que perdamos la *sensación* de mundo desarticulado que se juzga atributo del subconsciente. Si llegáramos a *descubrir* la labor y esfuerzo del autor por lograr ese justo y peligroso equilibrio, perdería su efectividad el recurso. La tarea es nada más y nada menos que utilizar un rigor casi científico para crear literariamente un proceso psicológico que nos dé sensación de cosa incoherente y caótica, *sin serlo.* Para efectos de la obra de arte —cuento o novela—, cada imagen, cada asociación, cada *aparente* incoherencia de dicho proceso, deberá llenar una función, tener un motivo, ser de rigurosa lógica respecto al *todo* psicológico, dramático y estético de la narración.

Hay varias modalidades de este recurso. Bastará, creemos, con mencionar dos de ellas. La primera, directa, consiste en captar literalmente un monólogo mental o interior del personaje. Para diferenciar este fluir silencioso de imágenes y asociaciones, del resto de la narración, se acostumbra presentarlo tipográficamente en bastardillas o cursivas. En formas más complicadas, en las cuales prácticamente existen monólogos dentro del monólogo, se usan otros recursos tipográficos además de los mencionados: negritas o comillas, por ejemplo. En ocasiones, el cuento o la novela es casi en su totalidad un monólogo interior, puesto que la narración se da a través del caótico fluir de la conciencia de uno o más individuos. Este último es el caso de una de las obras más logradas de William Faulkner, *As I lay dying (Mientras yo agonizo).* Huelga entonces la convención tipográfica de las cursivas o bastardillas, si el autor así lo prefiere.

La segunda modalidad —indirecta— consiste en subjetivar el mundo exterior a través del personaje, sin necesidad de apelar obviamente a la estructura formal del monólogo. Paisaje, objetos, seres humanos, acciones externas tienen —gracias al hábil recuento del autor— resonancias especiales en el personaje; logran asociaciones y reacciones que no son las que objetivamente juzgaríamos adecuadas a las circunstancias. Es decir, el mundo descrito por el narrador no es el mundo objetivo tal como éste existe, sino como lo percibe oscuramente la conciencia de un determinado personaje. Se logran así idénticos resultados a los que se obtienen con la modalidad anterior, pues nos adentramos también en el fluir de la conciencia del individuo, percibiendo —*indirectamente* en este caso— su "monólogo interior". Ambas modalidades se funden frecuentemente en una misma obra literaria.

Otro recurso técnico, de uso frecuente hoy, tanto en la literatura narrativa como en el teatro y el cinematógrafo, es el montaje o incrustación de escenas retrospectivas. Consiste el mismo en activar, en determinado momento de la acción presente, escenas del pasado como *materia viva*. A menudo este recurso se funde, en los géneros narrativos, con el del monólogo interior.

Los autores representados en esta colección

Los ocho autores incluidos en este volumen —Abelardo Díaz Alfaro, José Luis González, René Marqués, Pedro Juan Soto, Edwin Figueroa, José Luis Vivas, Emilio Díaz Valcárcel y Salvador de Jesús— son a nuestro juicio representativos de la nueva literatura en su expresión cuentística. Algunos han sido los verdaderos innovadores del cuento actual en Puerto Rico, y con ellos logra el género tan alto grado de perfección técnica y estética, como quizá pocas veces alcanzara éste en nuestra literatura. Antes del núcleo de innovadores, sólo Emilio S. Belaval, con sus excelentes *Cuentos para fomentar el turismo,* había logrado sustraer al cuento puertorriqueño de los moldes tradicionales, abriendo generosa brecha para una renovación más radical.

Estos jóvenes —el más maduro no ha llegado a los cuarenta, el menor bordea los treinta—[3] constituyen, en su mayoría, un núcleo de escritores profesionales. No en el sentido de que puedan vivir de sus productos literarios —cosa imposible en nuestro medio— pero sí en el de

3. Téngase presente que esto se escribió a fines de 1959.

poseer un conocimiento profundo del oficio, un alto grado de responsabilidad profesional, una dedicación casi misionera a la tarea creadora y un deseo urgente, vital, de superación personal y colectiva. Es decir, casi todos tienen conciencia, no sólo de sí mismos como creadores individuales, sino como miembros de una promoción, de un grupo afín en sensibilidad, ideales estéticos, percepción social y política, y ubicación histórica.

Con la excepción de José Luis González, quien milita activamente en las filas del marxismo hace ya buen número de años, los demás cuentistas aquí representados se mantienen, más o menos, al margen de la lucha partidista. No están comprometidos de modo obvio con ninguna facción insular. Los más yerguen sus ideales con agresiva independencia, sin doblegarse a la rígida disciplina de un determinado partido. Los menos sienten alergia —quizás asco— a la mera mención de la palabra "política".[4] No es ello, sin embargo, el resultado de una consigna de grupo, sino más bien consecuencia de una personal y espontánea actitud intelectual respecto a la misión libre del creador en la sociedad que le da razón de ser.

Otros cultivadores del género

Aunque juzgamos a los autores anteriores los más representativos cultivadores del cuento actual en Puerto Rico, otros escritores de la promoción del cuarenta se han acercado al género. Entre ellos, los poetas Juan Martínez Capó y Violeta López Suria, esta última aportando, en breves esbozos psicológicos, su personal nota lírica. También José Emilio (o *Josemilio,* como él prefiere a menudo

4. Identificando, probablemente, el término, dentro de la colonia, con "politiquería".

firmarse) González quien, además de la poesía en su período inicial, cultiva infatigablemente y de modo característicamente exuberante y retórico el comentario o reseña periodística de todos los géneros literarios, ha escrito algunos cuentos surrealistas.

Julio Marrero Núñez, autor de dramas históricos, ha cultivado consecuentemente el cuento histórico. El mejor, de los que conocemos suyos hasta la fecha, *Requiem por un soldado del rey de España,* se acerca certeramente a las nuevas modalidades.

Esther Feliciano Mendoza, cultivadora asidua de la estampa costumbrista, ha hecho valiosa contribución a la poco cultivada modalidad del cuento infantil. La expresión sentimental y lírica de la autora nutre temas y estilo de la savia nativista y folklórica.

Autores de la misma promoción que también han cultivado el género son: Arturo Parrilla, Héctor Barrera, Juan Enrique Colberg Petrovich, Gerard Marín, Ferdinand Jiménez Arroyo (cuyos cuentos se han publicado en *Alma Latina* bajo el *nom de plume* de J. Jiménez A.) y María Teresa Serrano de Ayala. Anteriores en edad cronológica, pero iniciados o incorporados a la producción literaria de los últimos quince años, podemos mencionar a Manuel del Toro, Silás Ortiz Valentín —poco conocido, autor de cuentos campesinos de humor— y Luis Quero Chiesa. Este último, al igual que Marrero Núñez, cultiva el cuento histórico: su *José Campeche* obtiene Segundo Premio en el Concurso de Cuentos del Ateneo Puertorriqueño correspondiente a 1955.

Como es natural en todo período literario, en estos años corre, paralela a la nueva literatura, la producción de cuentistas que, por su perspectiva, expresión y criterios estéticos, pertenecen a generaciones o promociones anteriores. De este grupo, los narradores más cercanos o afines a la promoción del cuarenta nos parecen ser Enrique A. Laguerre, Emilio S. Belaval y Tomás Blanco. Más distanciados por su enfoque tradicional del cuento o por el cultivo bien de la leyenda o de la estampa literaria, consideramos, entre otros, a Miguel Meléndez Muñoz, José S. Alegría y Vicente Palés Matos.

Parte también natural del fenómeno histórico es la aparición en esta década de un pequeño grupo de escritores más jóvenes, el cual quizá constituya en el futuro lo que habrá de calificarse de "promoción del cincuenta". Viven ellos hoy sus años formativos y las expresiones literarias iniciales no proporcionan aún base sólida para emitir un juicio o para arriesgar una profecía. El tiempo dirá si son éstos, u otros aún inéditos, los que recojan de manos de la promoción del cuarenta la responsabilidad de llevar el cuento puertorriqueño moderno más allá de lo que los cultivadores actuales del género lo han llevado.[5]

Posibles causas del auge actual

Descubrimos varias posibles causas en relación al auge del cuento puertorriqueño durante los últimos diez o doce años. En primer lugar, la afortunada aparición del núcleo

5. De la promoción mencionada al escribirse el ensayo — 1959 — sólo Luis Rafael Sánchez ha descollado posteriormente como buen cuentista, aparte de sus logros en el género dramático. Este escritor, sin embargo, por su edad, podría considerarse más bien como figura de enlace o transición entre las promociones del cuarenta y cincuenta. La última — promoción del cincuenta — solamente ha rendido, hasta la fecha, frutos excepcionales en la poesía. Se perfila, no obstante — aún borrosamente, desde luego —, una promoción más joven, casi adolescente hoy y en su mayoría inédita (¿la que en el futuro podría llamarse del sesenta?), algunos de cuyos miembros demuestran adecuado talento y dedicación para el cultivo de géneros en prosa, especialmente el cuento. Esperamos, con optimismo, su surgimiento — diríamos "oficial" — a la palestra literaria. El tiempo juzgará sus frutos.

pionero de jóvenes escritores, cuya punta de lanza fue José Luis González. Estímulos posteriores no hubiesen dado quizá sus frutos tan rápida y eficazmente sin la labor tesonera de este pequeño núcleo. Más aún, consideramos que los estímulos que en el mundo literario y ateneísta tuvo el cuento a partir de 1953 fueron motivados, en gran medida, por la existencia de una base que los justificaba: la labor del grupo inicial.

Como estímulo en el plano modesto del neófito o aficionado, pueden mencionarse los concursos literarios de distintas agrupaciones universitarias y la aparición de la página literaria sabatina de *El Mundo,* la cual da cabida, en su limitado espacio, tanto a los trabajos de escritores reconocidos, como a las incipientes expresiones de los autores más nuevos.

En un plano ya profesional, contribuyendo eficázmente al desarrollo, madurez y depuración del género, han sido de suma importancia los certámenes literarios anuales del Ateneo Puertorriqueño, que desde 1953 auspicia el Festival de Navidad, y la labor de la revista *Asomante,* cuyo riguroso criterio de selección rara vez ha permitido que se escurrieran en sus páginas expresiones narrativas de dudosa calidad estética.

Los cuentistas de la promoción del cuarenta tienen, por otra parte, que hacer especial reconocimiento a la doctora Concha Meléndez. Fue ella la primera estudiosa e investigadora de la literatura puertorriqueña en dar plena beligerancia a la labor de los narradores jóvenes. A través de prólogos, artículos y ensayos, y en su labor de antologista, estudió y difundió las nuevas expresiones y modalidades del cuento puertorriqueño.

Contribución valiosa de estímulo y aliento, no sólo al cuento, sino a toda la literatura nuestra, constituyó la aparición de dos obras fundamentales: el primer *Diccionario de Literatura Puertorriqueña* de la doctora Josefina Rivera de Álvarez (1955) y la primera *Historia de la Literatura Puertorriqueña* del Dr. Francisco Manrique Cabrera (1956), no empece las naturales lagunas que puedan contener obras pioneras de este tipo. No menos importante es la inclusión de narradores puertorriqueños de la promoción del cuarenta en la segunda edición de la *Historia de la Literatura Hispanoamericana* del argentino Enrique Anderson Imbert, publicada por el Fondo de Cultura Económica de México en 1957

El uso de *Terrazo* de Abelardo Díaz Alfaro como libro de texto por el Departamento de Instrucción ha despertado interés en la adolescencia escolar. En el nivel universitario, tanto el Departamento de Estudios Hispánicos como el de Estudios Generales de la Universidad de Puerto Rico, empiezan a dar atención al cuento actual puertorriqueño. Ello se debe, no tanto a la política oficial universitaria, como a la iniciativa de algunos profesores que se han sentido responsables de hacer conocer a sus estudiantes las expresiones más nuevas de nuestra literatura.

Varias antologías de cuentos puertorriqueños aparecen en los últimos años. En 1954 Enrique A. Laguerre prepara, con criterio pedagógico, una colección de cuadros, leyendas y cuentos para el Departamento de Instrucción Pública. La revista *Asomante* publica un número antológico del cuento puertorriqueño en 1956. Concha Meléndez, una colección para el Gobierno de Puerto Rico en 1957 y otra para un editor neoyorquino en 1959. Ya antes (1956) el profesor Paul J. Cooke, de Monticello College, había publicado en los Estados Unidos una *Antología de Cuentos Puertorriqueños.*

De mayor importancia quizá —por ser prueba de

haberse rebasado fronteras— es la inclusión de autores jóvenes puertorriqueños en antologías extranjeras de cuentos españoles e hispanoamericanos. Robert E. Osborne, en sus *Cuentos del Mundo Hispánico* (1957), incluye uno de Abelardo Díaz Alfaro. El crítico chileno Ricardo Latcham selecciona para su *Antología del Cuento Hispanoamericano* (1958) un cuento de René Marqués. En número antológico de literatura hispanoamericana traducida al inglés, la revista *New World Writing* (1958) publica la versión inglesa de un cuento de José Luis González.

En revistas extranjeras han aparecido piezas de varios autores de esta promoción: en Europa y los Estados Unidos, traducciones al checo, sueco, ruso e inglés de cuentos de José Luis González, René Marqués y Abelardo Díaz Alfaro; en Hispanoamérica y España, cuentos de José Luis González, René Marqués, Pedro Juan Soto y Emilio Díaz Valcárcel.

Profesores de Departamentos de Lenguas Romances de varias universidades norteamericanas han realizado estudios, bien de la nueva cuentística puertorriqueña en general o bien de la labor individual de escritores nuestros, publicando artículos y reseñas en *Books Abroad* y otras revistas literarias de lengua inglesa y en publicaciones universitarias como *La Revista Hispánica* de la Universidad de Columbia.

Finalmente, el reconocimiento que de la nueva cuentística puertorriqueña se ha hecho en responsables círculos críticos y en la prensa seria del mundo hispanoparlante, es factor de importancia para el aliento de los escritores jóvenes. Los libros de cuentos de José Luis González, Abelardo Díaz Alfaro, René Marqués, Pedro Juan Soto y Emilio Díaz Valcárcel han sido acogidos como aportaciones valiosas al género del cuento en lengua española, tanto en España como en México, Perú, Cuba, Chile, Argentina y Venezuela.

Conclusiones

Los factores mencionados han conducido a una situación lógica. El cuento puertorriqueño logró ya definirse como género, es decir, libróse de la confusión tradicional respecto a sus técnicas, limitaciones y posibilidades, librándose, al mismo tiempo, de embarazosas adherencias extraliterarias. Creemos que son los cultivadores de la promoción del cuarenta los que más han forzado esa definición estricta, rigurosa, del género. Equipados con conocimientos amplios de la historia y desarrollo técnico y estilístico del cuento moderno en el mundo occidental, fijaron, tanto en su labor de creación como en sus juicios críticos, el concepto de *cuento* en sus justas proporciones, descartando la aceptada actitud laxa y cómoda que permitía entre nosotros catalogar como "cuento" todo relato corto en prosa: desde la leyenda histórica o folklórica y la desarticulada hemorragia lírica, hasta el cuadro amable o la estampa costumbrista. El cuento moderno, en su desarrollo y evolución —Guy de Maupassant, Poe, Chejov, Gorki, Pirandello, Hemingway, Joyce, Faulkner, Sartre, Camus— ha ido ensanchando sus posibilidades temáticas y expresivas, pero se ha ido, simultáneamente, autolimitando como género; en otras palabras, ha ido creando sus técnicas y reglas, así como sus modalidades estilísticas, de acuerdo a su propio crecimiento formal, y de acuerdo también a la sensibilidad estética de cada período.

Creemos que el estudioso de la literatura puertorriqueña puede hoy afirmar honestamente —sin temor a que se tache tal afirmación de provinciana o chauvinista— que las mejores expresiones del cuento actual en Puerto Rico pueden competir, y en efecto compiten, digna y decorosamente, con las buenas expresiones del género en cualquier literatura del mundo occidental.[6]

René Marqués

Mayo de 1959

6. Véase a continuación *Bibliografía* (hasta principios de 1966), en términos de colecciones o libros de cuentos, antologías extranjeras y puertorriqueñas, traducciones, obras de consulta y estudios, respecto a los ocho cuentistas mencionados en este trabajo. Ello dará idea de la difusión de su labor cuentística no sólo en el ámbito local, sino en América y Europa.

APÉNDICE

Bibliografía mínima

Esta *Bibliografía Mínima* de 1959, respecto a los ocho cuentistas mencionados como representativos de la promoción del cuarenta en el anterior ensayo, se ha ampliado para la presente publicación, pero siempre con carácter limitado por haber sido imposible, bajo la presión de tiempo de los editores, lograr, ni remotamente, la bibliografía completa y exacta —en términos de reseñas, críticas, comentarios, ensayos, tesis académicas y ponencias en foros literarios— sobre la obra cuentista de José Luis González, René Marqués, Pedro Juan Soto, Abelardo Díaz Alfaro y Emilio Díaz Valcárcel dispersa —hasta donde llega nuestra información— en diarios o revistas de México, Perú, Cuba, Argentina, Venezuela, Ecuador, Brasil, Canadá, España, Rusia, Francia, Checoslovaquia, Italia, Puerto Rico y los Estados Unidos de Norteamérica. (La bibliografía más completa, aunque no exhaustiva, de lo publicado en Puerto Rico solamente —en términos de críticas, reseñas y comentarios sobre los ocho autores incluidos en *Cuentos puertorriqueños de hoy*— puede encontrarse en la Colección Puertorriqueña de la Biblioteca General de la Universidad de Puerto Rico y, en menor grado a esta fecha (1966), en la Biblioteca del Seminario del Departamento de Estudios Hispánicos del mismo centro docente.)

COLECCIONES DE CUENTOS

DE LOS OCHO AUTORES MENCIONADOS EN EL ENSAYO ANTERIOR

ABELARDO DÍAZ ALFARO:

Terrazo, Editorial Yaurel, San Juan, P. R., 1948, 1949, 1950, 1954.

JOSÉ LUIS GONZÁLEZ:

En la sombra, Imprenta Venezuela, San Juan, P. R., 1943.
5 cuentos de sangre, Imprenta Venezuela, San Juan, P. R., 1945.
El hombre en la calle, Editorial Bohique, Santurce, P. R., 1948.
En este lado, Los Presentes, México, 1954.

RENÉ MARQUÉS:

Otro día nuestro, Imprenta Venezuela, San Juan, P. R., 1955.
En una ciudad llamada San Juan (primera edición), Editorial Universitaria, Universidad Nacional, México, 1960; (segunda edición), Colección Concurso, Casa de las Américas, La Habana, 1962; (tercera edición), Editorial Cultural, Río Piedras, 1970.

PEDRO JUAN SOTO:

Spiks (primera edición), Los Presentes, México, 1956; (segunda edición), Editorial Cultural, Río Piedras, 1970.

EDWIN FIGUEROA:

Sobre este suelo, Imprenta La Milagrosa, San Juan, 1962.

JOSÉ LUIS VIVAS:

Luces en sombra, Editorial Yaurel, Puerto Rico, 1955.

EMILIO DÍAZ VALCÁRCEL:

El asedio, Editorial Arrecife, México, 1958.
Proceso en diciembre, Ediciones Taurus, Madrid, 1963.
El hombre que trabajó el lunes, Ediciones Era, México.
Panorama, Editorial Cultural, Río Piedras

ANTOLOGÍAS

en que se incluyen cuentos de uno o más de los ocho autores[2]

ENRIQUE A. LAGUERRE: *Antología de cuentos puertorriqueños*, Editorial Orión, México, 1954.

Se incluyen:

La carta, de JOSÉ LUIS GONZÁLEZ.
Peyo Mercé enseña inglés, de ABELARDO DÍAZ ALFARO.

ASOMANTE: *Número antológico*, 3-1956, San Juan, Puerto Rico.

Se incluyen:

El soldado Damián Sánchez, de EMILIO DÍAZ VALCÁRCEL.
Los perros, de ABELARDO DÍAZ ALFARO.
Lolo Manco, de EDWIN FIGUEROA.
Santa Claus visita a Pichirito Sánchez, de JOSÉ LUIS GONZÁLEZ.
Lágrimas de mangle, de SALVADOR M. DE JESÚS.
Dos vueltas de llave y un arcángel, de RENÉ MARQUÉS.
Campeones, de PEDRO JUAN SOTO.
El de los cabos blancos, de JOSÉ LUIS VIVAS.

CONCHA MELÉNDEZ: *El cuento*, Antología de Autores Puertorriqueños, III, Ediciones del Gobierno, Estado Libre Asociado de Puerto Rico, 1957.

Se incluyen:

De ABELARDO DÍAZ ALFARO:
El josco.
El boliche.
Los perros.

De JOSÉ LUIS GONZÁLEZ:
El escritor.
En el fondo del caño hay un negrito.
Una caja de plomo que no se podía abrir.

2. Obviamente, en casi todas las antologías que se mencionan, extranjeras o puertorriqueñas, hay valiosos comentarios críticos de los antologistas respecto a la obra cuentística de cada autor puertorriqueño de la promoción del cuarenta incluido en el anterior ensayo.

De René Marqués:
El miedo.
Otro día nuestro.
Dos vueltas de llave y un arcángel.

De Pedro Juan Soto:
Garabatos.
Los inocentes.

De Edwin Figueroa:
Aguinaldo negro.

De José Luis Vivas:
El fósforo quemado.

Robert E. Osborne: *Cuentos del mundo hispánico*, American Book Co., Nueva York, 1957.

Se incluye:

Santa Claus va a la cuchilla, de Abelardo Díaz Alfaro.

Paul J. Cooke: *Antología de cuentos puertorriqueños*, Monticello College, Godffrey, Illinois, 1956.

Se incluyen:

De Abelardo Díaz Alfaro:
El josco.
Santa Claus va a la cuchilla.
Peyo Mercé enseña inglés.

De José Luis González:
La carta.
En el fondo del caño hay un negrito.

De René Marqués:
Otro día nuestro.

De Pedro Juan Soto:
Garabatos.

De Edwin Figueroa:
Aguinaldo negro.

De Emilio Díaz Valcárcel:
El regreso.

New World Writing (Número antológico de Literatura Hispanoamericana en traducción inglesa), New York, 1958.

Se incluye:

In the bottom of the lake there is a little black boy, by

José Luis González (traducción del cuento *En el fondo del caño hay un negrito*).

Ricardo Latcham, *Antología del cuento hispanoamericano*, Editorial Zig-Zag, Chile, 1958.
Se incluye:
El miedo, de René Marqués.

Cuatro cuentos de mujeres, División de Educación de la Comunidad, Puerto Rico, 1959.
Se incluyen:
El rebelde, de Edwin Figueroa.
El milagrito de San Antonio, de René Marqués.
Chela, de Emilio Díaz Valcárcel.

Selecciones Literarias, Editorial Universitaria, Río Piedras, 1960.
Se incluye:
Purificación en la Calle del Cristo, de René Marqués.

Concha Meléndez: *El arte del cuento en Puerto Rico*, Las Américas Publishing Co., New York, 1961.
Se incluyen:

De Abelardo Díaz Alfaro:
Santa Claus va a la cuchilla.
Los perros.

De René Marqués:
La muerte.
La sala.
Tres hombres junto al río.

De Edwin Figueroa:
El sol de los muertos.
Lolo Manco.
Raíz amarga.

De José Luis González:
La carta.
Una caja de plomo que no se podía abrir.
En el fondo del caño hay un negrito.

De José Luis Vivas:

El héroe.
El de los cabos blancos.
Interludio.

De Salvador M. de Jesús:

Lágrimas de mangle.
La otra hija de Jairo.

De Pedro Juan Soto:

Garabatos.
Los inocentes.

De Emilio Díaz Valcárcel:

Dos hombres.
El soldado Damián Sánchez.
La mente en blanco.

Arne Lundgren: *Latin-amerikanska berattare*, Norstdect & Soners Forlag, Stokholm, 1963.

Se incluye:

De René Marqués:

Bakom dubbla las och on arkeangel (traducción sueca del cuento *Dos vueltas de llave y un arcángel*).

Seymour Menton: *Antología del cuento hispanoamericano*, Fondo de Cultura, México, 1964.

Se incluye:

De Pedro Juan Soto:

Campeones.

Fernando Alegría: *Novelistas contemporáneos hispanoamericanos*, D. C. Heath and Company, Boston, 1964.

Se incluyen:

De René Marqués:

En la popa hay un cuerpo reclinado.
La hora del dragón.

SHORT STORY INTERNATIONAL, New York, February, 1965.
Se incluye:

De RENÉ MARQUÉS:
Death (traducción inglesa del cuento *La muerte*).

G. R. COULTHARD: *Caribbean Literature (an anthology)*, University of London Press, London, 1966.
Se incluye:

De RENÉ MARQUÉS:
Death (traducción inglesa del cuento *La muerte*).

CUENTOS AISLADOS EN REVISTAS Y FOLLETOS, NO INCLUIDOS EN LAS PUBLICACIONES MENCIONADAS *

El cazador y el soñador, de RENÉ MARQUÉS, División de Educación de la Comunidad, Puerto Rico, 1960.

ASOMANTE, San Juan, abril-junio 1963.
Contiene:

De RENÉ MARQUÉS:
La crucifixión de Miss Bunning.

El hombre de la sonrisa triste, de RENÉ MARQUÉS, División de Educación de la Comunidad, Puerto Rico, 1963.

AMÉRICAS, Washington, D. C., May 1965.
Contiene:

De RENÉ MARQUÉS:
The blue kite (traducción inglesa de su cuento, hasta entonces inédito, *La chiringa azul*).

ALGUNAS OBRAS DE CONSULTA O ESTUDIOS

en que se examina la labor *cuentística* de uno o más de los ocho autores tratados

* En la revista local y mensual de habla inglesa, *The San Juan Review*, se han publicado, de 1964 a 1965, traducciones al inglés de cuentos de José Luis González, Pedro Juan Soto, René Marqués, Edwin Figueroa, Emilio Díaz Valcárcel, Abelardo Díaz Alfaro y Salvador de Jesús, pero todos ellos incluidos en colecciones o antologías ya mencionadas, excepto *Esa antigua fragancia*, de Pedro Juan Soto, posterior a su libro *Spiks*.

MARGOT ARCE, *Impresiones*, Editorial Yaurel, San Juan, 1950.

JOSEFINA RIVERA DE ÁLVAREZ, *Diccionario de Literatura Puertorriqueña*, Ediciones de La Torre, Universidad de Puerto Rico, 1955.

CONCHA MELÉNDEZ, *El cuento en la edad de Asomante: 1945-1955*, Asomante, San Juan, 1-1955.

FRANCISCO MANRIQUE CABRERA, *Historia de la Literatura Puertorriqueña*, 2.ª ed., Editorial Cultural, Río Piedras.

ENRIQUE ANDERSON IMBERT, *Historia de la Literatura Hispanoamericana* (segunda edición), Breviarios del Fondo de Cultura Económica, México, 1957.

OTTO OLIVERA, *Breve Historia de la Literatura Antillana*, Manuales Studium 7, México, 1957.

CONCHA MELÉNDEZ, *Figuración de Puerto Rico y otros estudios*, Instituto de Cultura Puertorriqueña, San Juan, 1958.

RICARDO GULLÓN, *Abelardo Díaz Alfaro, narrador de Puerto Rico*, El Mundo, San Juan, 13 de abril de 1959.

CESÁREO ROSA NIEVES, *Historia Panorámica de la Literatura Puertorriqueña* (tomo II), Editorial Campos, San Juan, 1963.

El cuento puertorriqueño en el siglo XX (Seminario de Estudios Hispánicos), Editorial Universitaria, Río Piedras, 1963.

BETTY RITA GÓMEZ LANCE, *Los cuentos de René Marqués*, Revista Bimestral de la Universidad de El Salvador, San Salvador, marzo-abril, 1965.

JOSÉ ACOSTA MONTERO, *Proceso en diciembre*, de Emilio Díaz Valcárcel. El Diario Vasco, San Sebastián, España, 24 de diciembre 1963.

ABELARDO DÍAZ ALFARO

SI BIEN el nombre de José Luis González reclama prioridad cronológica por haber sido el primer escritor de la promoción del cuarenta en dar a la luz sus cuentos innovadores, muy temprano en esa década, iniciamos la antología con Abelardo Díaz Alfaro por razones que examinaremos a continuación.

Consideramos a Abelardo Díaz Alfaro una figura de enlace entre la Generación del Treinta y la promoción del cuarenta. Su único libro, *Terrazo,* publicado en 1948 y premiado por el Instituto de Literatura, revela aún varias de las características de los escritores de la década anterior: tema exclusivamente *jíbaro* o nativista, ambiente y paisaje de ruralía, costumbrismo, protesta social campesina y cultivo amoroso del cuadro o la estampa literaria.

De las trece piezas que contiene el libro, sólo cuatro alcanzan categoría de cuentos. Las otras nueve se descomponen, como bien señala la Dra. Concha Meléndez, en cinco cuadros y cuatro retratos.

En términos de protesta social *jíbara* y de enfoque costumbrista, vemos en *Terrazo* resonancias de Miguel Meléndez Muñoz, un autor anterior a la Generación del Treinta, por quien Díaz Alfaro siente admiración afectuosa y a quien en alguna ocasión él mismo ha reconocido como su maestro. También nos parece descubrir en estos relatos un eco del enfoque irónico de Emilio S. Belaval en sus *Cuentos para fomentar el turismo.* Este enfoque, sin embargo, se hace francamente festivo en Díaz Alfaro cuando aborda narraciones chispeantes como la de *Santa Cló va a la Cuchilla.* La experiencia de trabajador social en nuestros campos aguzó el oído del joven autor para la captación viva del habla campesina, y afinó su pupila para descubrir con nitidez el detalle pintoresco o costumbrista.

Más que en tema o técnica, vemos la innovación de tan excelente narrador en su personal aportación estilística. Lo que más subyuga de él, lo que seduce de inmediato al lector, no importa la categoría intelectual de éste, es la gracia alada de su adjetivación, la riqueza y originalidad de imágenes, la oportunidad tan precisa de la metáfora, elaborada estéticamente con elementos pintorescos del habla campesina.

Pero, además, con *El Josco* —sin duda el mejor cuento de *Terrazo* y la pieza literaria puertorriqueña que se ha vertido a más lenguas extranjeras— Díaz Alfaro cultiva un recurso no explotado hasta entonces en nuestra literatura: el uso de animales como símbolos de conflictos o de valores humanos. Este noble recurso de los fabulistas griegos, franceses y españoles, adquiere alta categoría literaria en la prosa y técnica cuentística del puertorriqueño. Nos resulta curioso que Abelardo Díaz Alfaro haya podido, artística y sicológicamente, profundizar más cuando utiliza personajes-animales que al destacar seres humanos como protagonistas de sus cuentos.

Aparte de los valores intrínsecos de *Terrazo*, este volumen ha llenado una noble misión respecto a las últimas promociones escolares: iniciar a los estudiantes de escuelas secundarias en el sabor y el amor hacia la nueva literatura. El Departamento de Instrucción Pública —remiso siempre a renovar su caduco programa de lecturas— ha admitido ya el libro como texto en las clases de español.

Ocho años después de haber publicado aquella primera colección, Díaz Alfaro nos da su único cuento de la presente década, *Los perros*, que aparece en la revista *Asomante* en 1956, y que, junto a *El Josco*, constituyen los mayores logros literarios del autor. Es precisamente con *Los perros* que Abelardo Díaz Alfaro se nos revela vinculado ya plenamente a la labor más característica de la promoción del cuarenta. Aunque persisten el ambiente y el paisaje de ruralía, el tema, la técnica y el enfoque se apartan en buena medida de los criterios estéticos de *Terrazo.*

En ambos cuentos, sin embargo, el símbolo primordial es casi idéntico: el hombre puertorriqueño acosado por fuerzas desintegradoras de su personalidad y dignidad humanas, sucumbiendo a ellas en gesto autodestructor. *El Josco* materializa su símbolo admirablemente en el viejo toro puertorriqueño derrotado por el flamante y poderoso toro norteamericano. En *Los perros* es el *jíbaro* y escuálido rocinante el que ha de sucumbir a la implacable furia de los canes. Este último relato adquiere mayor categoría universal por la inquietud metafísica en él manifiesta, inquietud desusada en el autor, pero que ya para esa fecha había sido incorporada a nuestros géneros narrativos por otros escritores de la misma promoción.

En 1959 Díaz Alfaro publica en la revista *Jaycoa* su único poema que nos es dado conocer: *El mozambique.*

Habiendo dedicado gran parte de su tiempo, energía y esfuerzo creador al cultivo de la estampa literaria —producción que publica consecuentemente en la prensa del país— y al de un género extraliterario —la estampa radial— Abelardo Díaz Alfaro no ha podido aportar a nuestra literatura toda la labor cuentística que de su talento y excepcional habilidad era lógico esperar. Dada su juventud, sin embargo, parece también lógico suponer que en el futuro nuevas creaciones vendrán a enriquecer su producción en este género.

AUTOBIOGRAFÍA *

—Nací en Caguas, en 1919.

—¿Algún otro escritor en la familia?

—Por la abuela materna, los Morales Cabrera y los Morales Otero. Mi padre, director de *Puerto Rico Evangélico,* fue también un buen escritor. De él recibí orientación y ayuda en mis años formativos.

—¿Estudios primarios?

—Caguas, Toa Alta, Bayamón, Ponce.

—¿Por qué tal peregrinación?

—Bueno, quizás porque la misión de mi padre, pastor evangélico, así lo requería.

—¿Afición temprana por la literatura?

—Sí. Recuerdo que de niño "devoraba" a Víctor Hugo. Por entonces creí que llegaría a ser pintor. Estudiando en la Escuela Superior de Ponce, tomé clases de pintura con Don Miguel Pou. No perseveré, claro.

—¿Crees que esa primera afición haya influido en tu estilo literario?

—Estoy seguro. Lo habrás notado en mis descripciones.

* Debido a una grave dolencia, Abelardo Díaz Alfaro no pudo por sí mismo escribir la autobiografía solicitada. En cambio, le fue posible dar la información sobre su vida a través de una entrevista con el antologista. Reproducimos, como única excepción en el plan original de la antología, el diálogo sostenido con Díaz Alfaro.—R. M.

—Quizás ello explique también tu predilección por el "cuadro" y la "estampa" literaria.

—Es probable.

—¿Estudios superiores?

—Bachillerato en Artes en el Instituto Politécnico de San Germán. Licenciatura en Trabajo Social en la Universidad de Puerto Rico.

—¿Trabajos?

—Trabajador social en el barrio Yaurel de Arroyo. Creo que fui el primer trabajador social que vivió en el mismo barrio rural a que fuera asignado. Recuerdo que llevé conmigo un radio de baterías y los *jíbaros* se reunían de noche a escucharlo.

—¿Fue entonces que empezaste a escribir?

—Sí, en aquel barrio de la zona cañera surgió *Bagazo,* al igual que varias estampas y cuadros.

—¿Otros trabajos no literarios?

—Más trabajo social en los barrios Bayamoncito de Cidra y Río Abajo de Comerío. Allí concebí *El boliche* y el personaje de Peyo Mercé.

—Eso de trabajo social, ¿iba en serio?

—En serio a mi modo. Pero "mi modo" no era el de las autoridades en la materia. Aquellos pobres *jíbaros* pasaban las de Caín y no era con las rígidas recetas del trabajo social que iban a encontrar mejoría.

—¿Renunciaste?

—Creo que más bien me "renunciaron". Un día le pedí a una dietista que me preparara una dieta "balanceada" para una familia de *diez* miembros que sólo tenía *treinticinco centavos* diarios de ingreso. Eso puso punto final a mi carrera.

—¿Y luego?

—Trabajé como investigador de leyes de menores en el Departamento del Trabajo. Finalmente, ingresé como libretista en la radioemisora WIPR del Departamento de Instrucción Pública.

—¿Por cuánto tiempo?

—Casi diez años, durante los cuales he escrito alrededor de dos mil estampas radiales.

—¿Qué puedes decirme de *El Josco*?

—*El Josco* fue el último cuento que escribí de *Terrazo*.

—¿Alguna vivencia de tu trabajo social?

—No, de la infancia. La pelea de los toros la vi siendo niño en la finca de mi abuela en Toa Alta.

—¿Y el suicidio simbólico?

—Debo darle crédito por ese símbolo al peón que cuidaba al toro. Fue él quien inventó —o creyó de buena fe— lo del suicidio. De todos modos el hecho, fuera real o imaginado, me impresionó profundamente en mi infancia.

—¿Y *Los perros*?

—Su trasfondo es también la finca de mi abuela en Toa Alta.

—¿No es *Los perros* casi una secuela de *El Josco*?

—En cierto sentido sí. Pero la anécdota es imaginada. Nunca vi de niño la lucha del caballo y los perros, aunque había un caballo así en la finca de mi abuela.

—¿Por qué diez años del primer cuento al segundo?

—A la verdad, temí siempre no poder superar al *Josco*. Sin la insistencia de Nilita Vientós en 1956 para que le diera un cuento inédito para su revista, quizás no me habría decidido a escribir *Los perros*.

—¿Qué autores crees tú que ayudaron a tu formación literaria?

—Gabriel Miró, Pérez de Ayala, Unamuno, Azorín.

—¿Y de los hispanoamericanos?

—Ricardo Güiraldes, José Eustasio Rivera, Rómulo Gallegos.

—¿En los últimos años?

—El español Camilo José Cela, entre otros.

—¿Puertorriqueños?

—Bueno, mejor no entrar en eso. No quiero herir susceptibilidades.

—Dos últimas preguntas en cuanto a datos biográficos. ¿En qué año te casaste?

—En 1950, con Gladys Meau.

—¿Nombres de tus hijos?

—Dalila, Nanette y Abelardo Luis.

¿QUÉ CONCEPTO TIENE USTED DEL CUENTO COMO GÉNERO LITERARIO?

El cuento es para mí síntesis poética; se acerca en mi concepto, a lo que es en poesía el soneto. No puede en este género perderse una sola línea, un solo trazo. La trama es secundaria en el cuento. Ésta puede ser muy elemental y, sin embargo, resultar efectiva si el tratamiento es adecuado. Quizás pudiera relacionarse el cuento con la escultura, más que con la pintura; es decir, el trazo que se da debe ser definitivo, no hay lugar a enmiendas. Considero este género más difícil que la novela.

¿POR QUÉ CULTIVA USTED ESTE GÉNERO?

Quizás porque por temperamento prefiero la síntesis extrema en el arte; como escritor veo el macrocosmos en el microcosmos.

EL JOSCO *

SOMBRA imborrable del Josco sobre la loma que domina el valle del Toa. La cabeza erguida, las aspas filosas estoqueando el capote en sangre de un atardecer luminoso. Aindiado, moreno, la carrillada en sombras, el andar lento y rítmico. La baba gelatinosa le caía de los belfos negros y gomosos, dejando en el verde enjoyado estela plateada de caracol. Era hosco por el color y por su carácter reconcentrado, huraño, fobioso, de peleador incansable. Cuando sobre el lomo negro del cerro Farallón las estrellas clavaban sus banderillas de luz, lo veía descender la loma, majestuoso, doblar la recia cerviz, resoplar su aliento de toro macho sobre la tierra virgen y tirar un mugido largo y potente para las rejoyas del San Lorenzo.

—Toro macho, padrote como ése, denguno; no nació pa yugo —me decía el jincho Marcelo, quien una noche negra y hosca le parteó a la luz temblona de un jacho. Lo había criado y lo quería como a un hijo. Su único hijo.

* Del libro *Terrazo*, 1948.

Hombre solitario, hecho a la reyerta de la alborada, veía en aquel toro la encarnación de algo de su hombría, de su descontento, de su espíritu recio y primitivo. Y toro y hombre se fundían en un mismo paisaje y en un mismo dolor.

No había toro de las fincas lindantes que cruzase la guardarraya, que el Josco no le grabase en rojo sobre el costado, de una cornada certera, su rúbrica de toro padrote.

Cuando el cuerno plateado de la luna rasgaba el telón en sombras de la noche, oí al tío Leopo decir al Jincho:

—Marcelo, mañana me traes el toro americano que le compré a los Velilla para padrote; lo quiero para el cruce; hay que mejorar la crianza.

Y vi al Jincho luchar en su mente estrecha, recia y primitiva con una idea demasiado sangrante, demasiado dolorosa para ser realidad. Y tras una corta pausa musitó débilmente; como si la voz se le quebrase en suspiros:

—Don Leopo, ¿y qué jacemos con el Josco?

—Pues lo enyugaremos para arrastre de caña, la zafra se mete fuerte este año, y ese toro es duro y resistente.

—Usté dispense, don Leopo, pero ese toro es padrote de nación, es alebrestao, no sirve pa yugo.

Y descendió la escalera de caracol y por la enlunada veredita se hundió en el mar de sombras del cañaveral. Sangrante, como si le hubieran clavado un estoque en mitad del corazón.

Al otro día por el portalón blanco que une los caminos de las fincas lindantes, vi al Jincho traer atado a una soga un enorme toro blanco. Los cuernos cortos, la poderosa testa mapeada en sepia. La dilatada y espaciosa nariz taladrada por una argolla de hierro. El Jincho venía como empujado, lentamente, como con ganas de nunca llegar, por la veredita de los guayabales.

Y de súbito se oyó un mugido potente y agudo por las mayas de la colindancia de los Cocos, que hizo retumbar las rejoyas del San Lorenzo y los riscos del Farallón. Un relámpago cárdeno de alegría iluminó la faz macilenta del Jincho.

Era el grito de guerra del Josco, el reto para jugarse en puñales de cuernos la supremacía del padronazgo. Empezó a mover la testa en forma pendular. Tiró furiosas cornadas al suelo, trayéndose en el filo de las astas tierra y pasto. Alucinado, lanzó cabezadas frontales al aire, como luchando con una sombra.

El Jincho en la loma, junto a la casa, aguantó al toro blanco. El Josco ensayó un tranco ligero, hasta penetrar en la veredita. Se detuvo un momento. Remolineó ágil y comenzó a estoquear los pequeños guayabos que bordean la veredita. La testa coronada se le enguirnaldó de ramas, flores silvestres y bejucales. Venía lento, taimado, con un bramar repetido y monótono. Alargaba la cabeza, y el bramar culminaba en un mugido largo y de clarinada. Raspó la tierra con las bifurcadas pezuñas hasta levantar al cielo polvaredas de oro. Avanzó un poco. Luego quedó inmóvil, hierático, tenso. En los belfos negros y gomosos la baba se le espumaba en burbujas de plata. Así permaneció un rato. Dobló la cerviz, el hocico pegado al ras del suelo, resoplando violentamente, como husmeando una huella misteriosa.

En la vieja casona la gente se fue asomando al balcón. Los agregados salían de sus bohíos. Los chiquillos de vientres abultados perforaban el aire con sus chillidos:

—El Josco pelea con el americano de los Velilla.

En el redondel de los cerros circunvecinos las voces se hicieron ecos.

Los chiquillos azuzaban al Josco. —Dale, Josco, que tú le puees.

El Josco seguía avanzando, la cabeza baja, el andar lento y grave. Y el Jincho no pudo contenerse y soltó el toro blanco. Éste se cuadró receloso, empezó a escarbar la tierra con las anchas pezuñas y lanzó un bronco mugido.

—Jey... Jey... Oiseee... Josco —gritaba la peonada.

—Palante, mi Josco —vibró el Jincho.

Y se oyó el seco y violento chocar de las cornamentas. Acreció el grito ensordecedor de la peonada. —Dale, jey... Josco...

Las cabezas pegadas, los ojos negros y refulgentes inyectados de sangre, los belfos dilatados, las pezuñas firmemente adheridas a la tierra, las patas traseras abiertas, los rabos leoninos erguidos, la trabazón rebullente de los músculos ondulando sobre las carnes macizas.

Colisión de fuerzas que por lo potentes se inmovilizaban. Ninguno cejaba; parecían como estampados en la fiesta de colores del paisaje.

La baba se espesaba. Los belfos ardorosos resonaban como fuelles.

Separaron súbitamente las cornamentas y empezaron a tirarse cornadas ladeadas, tratando de herirse en las frentes. Los cuernos sonaban como repiquetear de castañuelas. Y volvieron a unir las testas florecidas de puñales.

Un agregado exclamó: —El blanco es más grande y tiene más arrobas.

Y el Jincho con rabia le ripostó: —Pero el Josco tiene más maña y más cría.

El toro blanco, haciendo un supremo esfuerzo, se retiró un poco y avanzó egregio, imprimiéndole a la escultura imponente de su cuerpo toda la fuerza de sus arrobas. Y se vio al Josco recular arrollado por aquella avalancha incontenible.

—Aguante mi Josco —gritaba desesperado el Jincho—. No juya; usté eh de raza.

El Josco hincaba las patas traseras en la tierra buscando un apoyo para resistir, pero el blanco lo arrastraba. Dobló los corvejones tratando de detener el empuje, se irguió nuevamente y "rebuleó" rápido hacia atrás amortiguando la embestida del blanco.

—Lo ve; es mah grande —añadió con pena un agregado.

—Pero no juye —le escupió el Jincho.

Y las patas traseras del Josco toparon con una eminencia en el terreno, la cual le sirvió de sostén. Afirmado, sesgó a un lado, zafando el cuerpo a la embestida del blanco, que se perdió en el vacío. A éste faltó el equilibrio, y el Josco, aprovechándose del desbalance del contrario, volteó rápido y le asestó una cornada certera, trazándole en rojo sobre el albo costado una grieta de sangre. El blanco lanzó un bufido quejumbroso, huyendo despavorido entre la algarabía jubilosa del peonaje. El Jincho vibrante de emoción gritaba a voz en cuello:

—Toro jaiba, toro mañoso, toro de cría.

Y el Josco alargó el cuerpo estilizado, levantó la testa triunfal, las astas filosas doradas de sol, apuñaleando el mantón azul de un cielo sin nubes.

El blanco siempre se quedó de padrote. Orondo se paseaba por el cercao de las vacas.

Al Josco trataron de uncirlo al yugo con un buey viejo para que lo amaestrara, pero se revolvió violento poniendo en peligro la vida del peonaje. Andaba mohino, huraño, y se le escuchaba bramar quejoso, como agobiado por una pena inconmensurable.

Tranqueaba hacia el cercao de los bueyes de arrastre, de cogotes pelados y de pastar apacibles. Levantando la cabeza sobre la alambrada, dejaba escapar un triste mugido. Se veía buey rabisero, buey soroco, buey manco, buey toruno, buey castrao.

Aquel atardecer lo contemplé al trasluz de un crepúsculo tinto en sangre de toros, sobre la loma verdeante que domina el valle del Toa. No tenía la arrogancia de antes, no levantaba al cielo airosamente la testa coronada; lo veía desfalleciente, como estrujado por una inmensa congoja. Babeó un rato, alargó la cabeza y suspendió un débil mugido, descendió la loma y su sombra se fundió en el misterio de una noche sin estrellas.

A eso de la media noche me pareció escuchar un mugir dolorido. El sueño se hizo sobre mis párpados.

Al otro día el Josco no aparecía. Se le buscó por todas las lindancias. No podía haberse pasado a las otras fincas, porque no había boquetes en los mayales, ni en las alambradas de las guardarrayas. El Jincho iba y venía desesperado. El tío Leopo apuntó.

—Tal vez se fue por el camino del Farallón a las malojillas del río—. El Jincho hacia allí se encaminó. Regresó decepcionado. Luego se dirigió hacia una rejoya entre árboles en la colindancia de los Cocos, donde el Josco solía sestear. Lo vimos levantar las manos y con la voz transida de angustia gritó: —Don Leopo, aquí está el Josco—. Corrimos presurosos hacia donde el Jincho estaba, la cabeza baja, los ojos turbios de lágrimas. Señaló hacia un declive entre raíces, bejucales y flores silvestres. Y vimos al Josco inerte, las patas traseras abiertas y rígidas; la cabeza sepultada bajo el peso del cuerpo musculoso.

Y el Jincho con la voz temblorosa y llena de reconvenciones exclamó: "Mi pobre Josco, se esnucó de rabia. Don Leopo se lo dije. Ese toro era padrote de nación; no nació pa yugo."

LOS PERROS *

"Porque perros me han rodeado, hame cercado cuadrilla de malignos, horadaron mis manos y mis pies."

El Rucio era ya una estatua deteriorada. Un conjunto de instintos apagados en donde sólo parecía vivir con intensidad un ojo, coágulo de luz turbia, espejo opaco de seres y cosas.

La cabeza derrumbada, la crin rala, el espinazo hundido, los ijares al relieve esculturándole el costado. La grupa caída rematando en el rabo lacio que se movía lentamente como péndulo ocioso del cuerpo en derrota. La pelambre de mosaico florecida de mataduras —estrellas purulentas—. Un remo delantero hinchado en la ranilla que sonaba al andar como el torpe bastón de un ciego en la noche.

Las moscas azules se pegaban tenaces a las rojas mataduras. Pero él apenas las sentía. Movía el rabo con indiferencia, sin voluntad. Y con un ligero temblor ondulante de los músculos intentaba espantarlas.

* *Asomante*, 3-1956.

¿Pero para qué? Eran ya parte de su existencia, de su andar perezoso en los caminos. Le daban al menos una menguada sensación de vida.

¿Por qué los caballos no mueren antes de llegar a los caminos?

Sabía del suicidio de algunas bestias. El toro Josco se desnucó por los riscales del Farallón. De potro había visto sacrificar a más de un caballo de fina estampa, de revuelta crin, al quebrársele uno de los remos. Eso era preferible.

Los caballos en los caminos, mueren lentamente, día a día, hora a hora.

Andaba como desbocado. Había perdido ese misterioso instinto que guía las bestias en las noches sin luna. Inclinaba hacia los lados la angulosa cabeza para ver mejor el sendero. En el espejo opaco del ojo las figuras se quebraban, se distorsionaban en espantos.

Pero lo que más le hacía sentir su impotencia eran los perros. Esos perros que no dejan en paz a los caballos en los caminos.

En las noches lunadas lo acosaban con más encono y crueldad. Lo perseguían sin darle sosiego. Se multiplicaban los ladridos. Ladridos lentos, lúgubres. Ladridos estridentes, agudos. Ladraban en coro. Él era un espectro de luz. Una escuálida estatua de luna. Contra el ojo hipnótico, acuoso, los perros se alargaban, se tornaban fantasmales. Llegaban con sigilo, uno a uno, arrastrándose. Escuchaba el gruñido sordo, el acezar de las bocas negras. Presentía las lenguas rojas, babosas de plata. Los ojillos duros, perversos. Los hocicos húmedos. Frotaban los rabos cerdosos contra su vientre seco. Le hundían con saña los colmillos en la carne dolorida. Era un dolor agudo, un dolor sin nombre.

Los patearía como antes. Los dejaría tendidos en los caminos con las bocas espumosas, ensangrentadas. Los haría huir con el rabo entre las patas. Los perros cobardes...

Se desorientaba. Vibrábale el armazón del cuerpo —árbol seco al viento del abra—. Intentaba correr, y su remo hinchado sonaba como el torpe bastón de un ciego en la noche. Los perros se escondían tras la ceja oscura de unos matorrales para retornar con más fiereza. Los ladridos se prolongaban, estirábanse lúgubres en la noche blanca. Se iban apagando tenuemente, sonaban a lo lejos cual risas lunáticas.

La noche lunada había pasado. Un cincho de luz roja doraba el espinazo del cerro Farallón. Por las mañanas el Rucio se sentía mejor. Los perros se retiraban a descansar. La luz cernida a través de los mameyales era tibia, calentaba sus carnes entumecidas, su costado perlado de rocío. Escuchaba ensimismado el canto de los gallos de la alborada, el silbar apacible de las guajanas, el cochar tremolante de los boyeros. Sintió deseos de subir hasta la cumbre del riscal Farallón. El viento era allí más puro, destrenzaba los herbazales rumorosos, los malojillales silvestres. La luz era en la cumbre diáfana, bajaba del cielo cercano atenuada, amorosa. Se sentiría allí, fuera de su miseria, de su andar sin rumbo en los caminos, del ladrido cruel de los perros

Ensayó subir. Buscaba asentar las rotas pezuñas sobre los broncos relieves de las peñas. Adelantaba penosamente. El sudor humedecía su costillar desteñido. Detúvose un momento a descansar. Bajó levemente la cerviz. Escuchó cercano, el paso seguro, asordinado, de un potro de silla, un potro "estrellero", que llenó la mañana de relinchos lujuriosos, de ecos viriles. El borbotar del cuajo hirió sus orejas dormidas...

Su cabeza se erguía entonces poderosa, sofrenada por la mano dura. Tascaba el freno con rebeldía espumeándolo de baba verdeante de pasto. La crin revuelta de viento, el lomo sedoso, la grupa lustrada. Las orejas vivas, el cuajo detonante. Los ojos, redondos espejos pardos tragándose el paisaje en jaquimón de soles rabiosos. Una escultura de músculos y tendones en voluntarioso trote.

El ladrido ahilado de un perro le hizo erguir la cabeza. Los perros despertaban. Un ladrido seco, respondía a otro vibrante. Dispersábanse en el viento. Los perros se llamaban de batey a batey. Sentados en los cuartos traseros enfilaban al cielo las cabezas soñolientas en famélico conjuro. Se confabulaban. Pronto estarían en el camino. Colábanse por los boquetes en los mayales, se arrastraban mañosamente bajo las alambradas, saltaban con ritmo las colindancias.

El primero en llegar al camino era un perro negro, alto, descarnado. Una sombra luminosa de colmillos albeantes. Lo seguían otros de distintas razas, de pelambres varias. Perros de presa, perros caseros, perros satos. Las cabezas bajas husmeando su huella precaria, su sombra indecisa. Las izaban luego venteando su cuerpo en derrota. Los ladridos eran ahora más breves, metálicos. Retumbaban en los roquedales del Farallón. Fundíanse en una sola onda temblorosa. Era ya una jauría. Le parecía escuchar el fofo bordoneo de las patas inquietas. En breve los tendría tras su sombra que se acortaba con la alzada del sol sobre los mameyales. Empezó a temblar. Movía la cabeza hacia los lados en penduloso vaivén. Se pegó atemorizado a los espeques de la alambrada de un pastizal. Sintió sobre su mejilla un aliento poderoso, un resoplido ardiente que lo hizo estremecer. En el ojo turbio se le estampó la cabeza alerta de un potrito cerrero, de ojos azorados, lomo frágil, melena hirsuta. El potrito se encabritó alborozado, levantó el cuerpo cebruno sobre la alambrada, la testuz estrellada cortando el azul radioso.

El potrito lo saludó con un relincho entrecortado, musical, que viboreó como un látigo en los taludes del Farallón. Se lanzó luego al pastizal, el lomo contra el suelo, los remos delanteros monoteando el azul en jubiloso desborde de bríos.

Bríos que tuvo. Él supo de la holgura de los pastizales y del correr en estampida junto a las alambradas.

El ladrido violento de un perro detonó en sus orejas amusgadas. Frente a él se destacaba la silueta huesuda, del perro negro. El pelo del cuello erizado, los colmillos en reto destellando sobre las fauces oscuras. La presencia del perro negro lo enloquecía. Su gruñido roñoso, le electrizaba los nervios, llegábale en oleadas frías al cráneo. Sus ojos de fija luz amarillenta se le hundían en la pupila vidriada, enceguecíéndolo. El perro levantó la cabeza sombrosa y quebró la mañana con un ladrido interminable... Tras el Rucio respondieron otros ladridos, cortos, netos. Pronto comenzaría la danza de colas, lomos sarnosos, lenguas descolgadas. Los perros se movían en trancos menudos. Lo cercaban, lo tenían acorralado. Un remolino de bultos en el ojo inmenso. Quiso avanzar en estampida. Hundió voluntarioso el hocico contra el pecho, aferró las pezuñas como garfios a la tierra; pero el perro negro lo apechaba, lanzándole dentelladas salvajes. Retrocedió atemorizado, las orejas tensas, los remos delanteros rígidos, mostrando el blanco del ojo en pavor, petrificado sobre un promontorio de tierra bermeja, contra un fondo de nubes sólidas. Un perro le hundió los colmillos en la ranilla hinchada. Sintió que todo el cuerpo se le remecía, se le convulsionaba de dolor. Y adelantó colérico entre el alarido redoblado de los perros.

Le faltó el aliento y esperó decidido el ataque de la jauría...

Que acabaran con él de una vez. Los perros roñosos.

Se alejaban dejando en el viento una estela de ladridos leves, transparentes. Un silencio pesado de sol se hizo sobre la vereda. El Rucio doblegó la cabeza, la barba casi a ras del suelo, laminado sobre el fondo de los cerros espejeantes de sol. El sudor empapaba sus ijares, le corría copiosamente por los remos, por las cañas endebles, hasta mojar la tierra ardorosa.

Su sombra era ahora apenas trasunto del cuerpo trasijado.

No supo cuánto tiempo permaneció así, en duermevela. El párpado pesado sobre el ojo inmóvil, enrojecido. Alzó un poco la cabeza y fue cobrando lentamente sentido de su carne derrumbada, de sus flancos sangrantes, de su empeño terco de llegar a la cumbre.

¿Qué se habían hecho los perros? ¿Por qué lo habían abandonado?

Su sombra se alargaba sobre el camino. El aire era menos denso. Penetraba refrescante por sus ternillas húmedas, desflecaba su crin rala. El sol no castigaba ya tanto sus carnes sangrantes. Alzó un poco la cabeza y en el ojo turbio se desdibujó la cumbre sobre la cual comenzaban a adensarse las sombras. El Farallón era un lomo robusto ensillado de luces amarillentas.

El Rucio quiso aprovechar el descuido de los perros, para llegar antes que ellos a la cumbre, antes que la noche domase el espinazo del Farallón. Empezó a caminar con paso mesurado, marcando el ritmo del cuerpo ingrávido. Dejaba un rastro de sangre sobre las peñas ásperas. No entendía por qué los perros lo habían olvidado. Tal vez lo estarían mirando ahora desde los bateyes, los ojos torvos encendidos como ascuas. El viento hacía ondular el verdor fragante de los herbazales. Un vaho a tierra virgen le llenaba el pecho escuálido.

De potro había escalado la cumbre del riscal. La cabeza hundida en las nubes. La melena trémula de viento. El relincho potente dilatándose en ondas viriles sobre el valle del Toa, azotando en chasquido los taludes del Plata, los riscales del San Lorenzo.

Un aullido profundo hizo vibrar la tarde silenciosa. Lo habían atisbado. Un clamoreo de ladridos dispersos ascendía tumultuoso desde los bateyes... No venían como antes, lentos, sigilosos. Corrían como celajes. El Rucio sofrenó desconcertado. Una baba amarga, espumosa, le inundaba los labios. Caía plateando el camino morado de crepúsculo. Los ladridos percibíanse ahora más claros. Se adensaban, se fundían en un solo aullido hondo, lúgubre, funeral. Los perros tranqueaban en el camino... Faltábale apenas un tramo de peñas adustas. Los perros eran veloces y su paso perezoso. Entrevió vagamente la cumbre del riscal encabrestada de luces sangrientas. Los guayabos de la cumbre eran perros de sombra.

Las ladridos eran más intensos y feroces. Ululaban en el viento. Creía oír el silboso jadeo de las bocas negras. Alargó el cuello en desespero, queriendo imponer al cuerpo extenuado su voluntad de avance. Apenas podía sostenerse en los remos oscilantes. Un olor extraño, inmundo, traía el viento desde los bateyes, desde el camino. Olor a lomos sarnosos, a pelambres llagadas. El ojo agrandado en esfuerzo se tornó rojo de crepúsculo. Volvió a escuchar el fofo bordoneo de las patas inquietas. Palpitaban en sus orejas abatidas. Las sentía caminar sobre su lomo, arañándole la carne mustiada. Le darían alcance...

Crispóse de pánico. Encogió el cuerpo, escurrió el anca, medroso, aterido. Tras su grupa estalló el coro de ladridos disonantes, destemplados. La noche caería presto y los perros pisaban su huella, su sombra alargada.

Sesgaba la cabeza hacia los lados, receloso, desconfiado. Hinchada la nariz nerviosa. Disparadas en tensión las orejas al cielo. El ojo enorme, desorbitado.

Los perros avanzaban agresivos. Gruñían agriamente mostrando los dientes afilados, las fauces cavernosas. Flameaban en vértigo las colas. Encorvaban los lomos elásticos.

Un estribo de luz cárdena pendía de las nubes sangrantes.

Lo embistieron en tropel. Eran ahora más, de todas las comarcas, de todos los confines. Clavaban las uñas corvas en sus ijares húmedos, en su costillar endeble. Acrecía con la tarde el estruendo ensordecedor de los ladridos. Martillaban su oído, perforaban su cráneo. El Rucio volvía enfurecido la cabeza y con los dientes amarillentos quería desprender los perros de su costado, pero estaban aferrados a su esqueleto, a su piel descolorida.

Perdió el equilibrio y cayó sobre los remos delanteros entre el clamor jubiloso de la horda estremecida.

Pataleaba en el suelo indefenso, desesperado, tratando de erguirse sobre el tumulto de lomos sarnosos. Logró al fin hincar la rodilla en tierra, y se fue incorporando desbalanceado, voluntarioso ante el asombro enconado de la jauría. Se le acortaba el aliento. Le palpitaba el pecho en ritmo desigual, inarmónico, como de fuelle sin lumbre. Un espumarajo lívido, colgaba de sus belfos sedientos.

Distendía el cuello anhelante. Estiraba la enjuta cabeza hacia las nubes incendiadas, hacia el ocaso luminoso.

El cuerpo desmedrado no respondía al acicate de su empeño, al aguijón de su voluntad. La noche pavorosa lo sorprendería en el camino.

El perro negro rugiendo sordamente se escurrió bajo su vientre y le clavó con saña los colmillos en la ranilla hinchada, en la carne tumefacta. Un espuelazo candente que le llegó al corazón. Vibraron todos sus nervios, todas sus fibras. Crujió el armazón de su cuerpo como el árbol seco al viento del abra. Tranqueó despavorido, alucinado, dando tumbos, impelido por una fuerza misteriosa. Se detuvo rendido, atolondrado. Derribada la cerviz, tenso el cuerpo inerme, paralizados los remos. Inmóvil sobre las peñas agrestes. . .

Su cabeza parecía flotar ahora sin consistencia. El viento era menos denso. Silbaba apaciblemente en los herbazales rumorosos, aullaba en los cantiles bermejos del Farallón. Rizaba su crin rala. Henchía su pecho de alientos, de fragancias olvidadas. El Rucio husmeó el vacío profundo. Unos pasos más y rodaría al fondo del riscal estrellado sobre las lajas azules del río.

Los perros los acosaban frenéticos, enardecidos. Horadaban su carne magullada. Fluía copiosa la sangre de su costado. Le trababan los remos queriéndole arrancar de la cumbre, pero se resistía, voluntarioso, desafiante.

El vaho húmedo del río fue apoderándose de su garganta, de sus venas, como savia bienhechora. Iba sosegándole la fatiga, aligerándole el cuerpo en quebranto.

Fue alzando majestuosamente la cabeza. Una luz distinta, atenuada, amorosa, bajaba del cielo cercano, iluminándole el ojo entenebrecido. Se difundía gloriosa por el valle del Toa, diafanizaba los taludes, aureolaba las nubes. Aspiró todo el aire embalsamado del valle, del río. Se sintió poderoso sobre la cumbre, uncido a las nubes, desprendido de la tierra, fuera de su miseria, de su andar sin rumbo en los caminos.

Los perros saltaban lunáticos sobre su cuerpo, sobre el ocaso, pero apenas los sentía.

El corazón comenzó a latirle violentamente. Un latido hondo, lacerante pareció quebrarle el pecho, desgarrarle las entrañas. Todo giraba ahora en el ojo solitario, los perros, la cumbre, el cielo ensangrentado. En medio del torbellino fulgían escalofriantes, tenaces, los ojos de fija luz amarillenta.

Una ráfaga helada venida de lo hondo de los cerros, lo envolvió. Caló toda su osamenta.

Una plácida sensación de bonanza, de reposo, fue

invadiendo lentamente su carne crucificada, sus huesos torturados. Presintió la muerte del día, el advenimiento de la noche profunda, de la noche infinita.

Enarcó airoso la cerviz. Irguió en reto la angulosa cabeza hasta las nubes... Afirmó la esquelética figura sobre la cumbre. Una estatua cenicienta, voluntariosa, contra el claroscuro de la tarde declinante.

El ojo inmenso se le fue cubriendo de sombras, sombras vagas, sombras densas. Una sombra definitiva y compacta.

¡Los perros ya no ladraban!...

JOSÉ LUIS GONZÁLEZ

ESCRITOR PRECOZ —publica su primer libro en 1943, a los diecisiete años— José Luis González es el verdadero pionero, el primer innovador de la promoción de narradores del cuarenta.

Bajo la inicial orientación del cuentista dominicano Juan Bosch y la influencia del novelista norteamericano Ernest Hemingway, nos da ya en sus dos primeros libros *En la sombra* (1943) y *Cinco cuentos de sangre* (premiado éste en 1945 por el Instituto de Literatura) un grado muy apreciable de renovación estilística y técnica. Inicia el cultivo de una prosa anti-retórica, libre de pirotecnia imaginativa, pero preñada de valores sugestivos, en la cual las pausas, los silencios —tal como lo ha apuntado el Dr. Francisco Manrique Cabrera— sugieren tanto o más que las palabras. Técnicamente el relato se ciñe a una síntesis apretada, reducida intencionalmente a un mínimo para aumentar la tensión dramática. Este poder de síntesis se cuajará luego, de modo único, en el brevísimo y patético relato *La carta*, quizás uno de los más difundidos del autor.

En los dos primeros libros de González hay aún resonancias de la literatura anterior a él; lo observamos especialmente en sus temas rurales y su preocupación social respecto al campesino. Esto último, agudizado por la personal ideología del escritor en esos años de juvenil fogosidad, tiñe algunos de sus relatos iniciales con una intención doctrinaria que les resta calidad estética. Sin embargo, desde sus comienzos, González es un cuentista nato; no le atrae ni cultiva la estampa literaria o el cuadro costumbrista.

En 1948, con su tercer libro, *El hombre en la calle,* José Luis González se nos revela ya plenamente maduro como narrador. El libro marca un jalón en nuestra literatura narrativa contemporánea ya que en él aparece, por vez primera en un escritor de categoría, el hombre del proletariado *en la calle*, es decir, en la ciudad. Se inicia así el cultivo serio de tema y ambiente urbanos que han de caracterizar gran parte de la producción puertorriqueña de los últimos años.

El próximo libro de González es la novela corta *Paisa* (1950). Con él también trae el escritor algo nuevo a nuestra literatura narrativa. En técnica, el monólogo interior; en tema, la agonía del obrero isleño en Nueva York, tema ya apuntado en un cuento anterior del propio González.

Habiendo viajado por los Estados Unidos y Europa, José Luis González decide fijar su residencia en Ciudad de México. Cursa allí estudios posgraduados. Va a enseñar literatura a la Universidad de Guanajuato. De regreso a la capital azteca, hace traducciones españolas de obras científicas en inglés, ocupa esporádicamente cátedras de literatura en la Universidad de México, escribe reseñas de libros para la revista puertorriqueña *Asomante* —cuentos y artículos para la prensa mexicana—, ingresa en el cuerpo de editores de Los Presentes, funda luego y dirige la Editorial Arrecife, empieza a escribir su primera novela larga, y concluye en 1959, como tesis para el grado de Maestro en Letras, una historia de la literatura puertorriqueña.

Desde la tierra azteca aporta González a nuestra literatura, en 1954, un nuevo libro de cuentos, *En este lado.* Es libro de afirmación y depuración de normas adquiridas; no hay en él verdadera innovación técnica o estilística. Introduce en algunos relatos ambiente, personajes y problemas no puertorriqueños: negros y blancos norteamericanos en los Estados Unidos, norteamericanos y mexicanos en México. No obstante, el libro contiene un bello cuento puertorriqueño, quizás el más hermoso de toda la producción del autor: *En el fondo del caño hay un negrito,* el cual, traducido al inglés, aparece en 1958 en la prestigiosa revista norteamericana *New World Writing.*

En este lado nos da la impresión de una tregua en la producción madura de González. Una tregua y, quizás también, un examen de conciencia. Afincado en tierra mexicana, lejos de la realidad viva de Puerto Rico, ¿puede el brillante escritor aspirar a seguir cultivando una literatura *nacional puertorriqueña?* La angustiosa interrogante ha de planteársela todo escritor en exilio. Las alternativas son igualmente angustiosas: crear a base de recuerdos, corriendo el fatal riesgo de esa idealización y sentimentalización que siempre nos dan el tiempo y la distancia; crear a base de la realidad extranjera que se vive, corriendo el riesgo de no acertar nunca con el hallazgo de las raíces y fibras más sensibles de la realidad cultural foránea que se aborda, o crear una literatura extra-nacional —bien sea genuinamente universal o meramente cosmopolita— corriendo el riesgo de descubrir, demasiado tarde, que no se tiene temperamento ni talento para tan peligrosa aventura.

Thomas Mann es un ejemplo del escritor en exilio que pudo superar su condición de desterrado para lanzarse a la creación de una literatura de carácter universal, y triunfar en la empresa. En cambio, el peruano Ciro Alegría es un ejemplo del escritor en exilio cuya condición de desterrado, de hombre arrancado de sus vitales raíces nacionales, ha resultado ser —hasta donde nos llegan noticias de su obra— un golpe mortal para su genio creador.

González, quizás debido a su ideología, se vio precisado a renunciar a la ciudadanía norteamericana, haciéndose ciudadano del país que le había acogido con noble y generosa hospitalidad: México. Hoy el Gobierno Norteamericano no sólo le impide el regreso para fijar su residencia en Puerto Rico, sino que le niega autorización para visitar a su padre enfermo. Indigna mucho que en este pretendido mundo libre y democrático, proclamado por algunos como mundo posnacionalista, mundo sin fronteras, mundo que se encamina hacia la federación y hermandad de las naciones, los hombres tengan que seguir sometiendo su humanidad integral y su libertad personal a las estrechas reglas chauvinistas de determinados círculos oficiales. La indignación sube de punto cuando la situación atañe a Puerto Rico, ya que se trata en este caso de un pueblo sujeto a la imposición autoritaria de esas reglas por un poder foráneo.

No sabemos qué solución podrá dar el escritor José Luis González al problema. Sólo nos cabe reconocer lo doloroso de su situación y desear fervientemente la solución mejor para él y para la literatura puertorriqueña.

AUTOBIOGRAFÍA

Nací en Santo Domingo, capital de la República Dominicana, el 8 de marzo de 1926. Mi padre es puertorriqueño y mi madre dominicana. A Puerto Rico nos fuimos todos cuando yo tenía cuatro años. Viví parte de la niñez y de la adolescencia en los campos de Guaynabo, pero en realidad soy hijo de la ciudad (San Juan). Cursé estudios secundarios en la Escuela Superior Central, y en 1946 obtuve en la Universidad de Puerto Rico el grado de Bachiller (que en lenguaje académico moderno se llama Licenciatura) en Artes con especialización en Ciencias Sociales. En 1957 hice estudios posgraduados en Ciencias Políticas en la New School for Social Research, de Nueva York. De 1950 a 1952 residí en Europa, la mayor parte del tiempo en Praga. A partir de 1953 me establecí en México, cuya Universidad Nacional me otorgó recientemente el título de Maestro en Letras. He desempeñado cátedras de literatura en la Universidad de Guanajuato y en la propia Universidad Nacional.

Desde 1943 soy militante marxista y, en consecuencia de ello, partidario activo de la independencia nacional de Puerto Rico. Quince años de actividad política me han enseñado una verdad elemental: la única lucha revolucionaria *eficaz* es la lucha organizada y disciplinada. El individualismo anarquizante, hijo de la soberbia intelectual y de la inmadurez ideológica, sólo sirve para frenar y debilitar la verdadera acción revolucionaria. Rechazo por irracional y perniciosa la dicotomía que cierta corriente de misticismo reaccionario pretende establecer entre el intelectual y el hombre de acción. Para fundamentar este rechazo me basta, entre tantísimos otros, el ejemplo luminoso de José Martí.

Algunos estudiosos de la literatura puertorriqueña me atribuyen el mérito de haber iniciado la renovación formal del cuento entre nosotros. Lo cierto es que esa renovación no fue sino la consecuencia natural e inevitable de todo un proceso cultural. Su manifestación primera en tal o cual escritor tiene un interés puramente anecdótico. El ejemplo que yo he tratado y sigo tratando de dar como eslritor no tiene nada que ver con el aspecto formal de la creación literaria, que juzgo, esto sí, de incumbencia estrictamente individual. El único ejemplo que me importa dar —en el supuesto caso de que sea capaz de dar alguno— es el del escritor consciente de su *integral* responsabilidad humana. Para dar ese ejemplo y para seguirlo es preciso, ante todo, despojarse del último vestigio de soberbia individualista y entender que la auténtica libertad no consiste en hacer lo que se *desea* hacer, sino lo que se *debe* hacer para el bien común. Por eso advierto con profunda alarma, en algunos de mis compañeros de generación, una terrible confusión ideológica que los lleva a hacer renuncia de los más eficaces recursos de que dispone la especie humana en general, y nuestro propio pueblo en particular, para el logro de sus más legítimas aspiraciones. El desprecio a la ciencia y a sus infinitas posibilidades, en nombre de una pretendida "espiritualidad" que sólo acusa una muy deficiente formación intelectual por parte de quien se erige en su adalid, es una actitud francamente suicida. En ella veo el mayor peligro de cuantos acechan a nuestra generación; el peligro que puede llegar a convertirnos, si no lo combatimos radical y denodadamente, en una verdadera *generación perdida*. Perdida para nosotros mismos y para la historia.

¿QUÉ CONCEPTO TIENE USTED DEL CUENTO COMO GÉNERO LITERARIO?

Al cuento, como género literario, lo juzgo desde dos puntos de vista: el de la creación personal y el de su significación dentro del contexto más amplio de la evolución de una literatura nacional. Desde el primer punto de vista, creo que es un género tan importante como cualquier otro. No es, ciertamente, una novela en miniatura (prueba de ello es que muchos buenos novelistas jamás han podido ser buenos cuentistas, y viceversa). Desde el segundo, creo que el cuento es un anticipo de la novela. En casi todas las literaturas, los cuentistas preceden a los novelistas. La novela y el teatro son los géneros por excelencia de las sociedades maduras. Pero siempre habrá, naturalmente, escritores especialmente dotados para el cuento. Por lo que se refiere al cuento puertorriqueño en particular, creo que, a pesar de los grandes avances realizados en los últimos años, todavía le falta mucho para hombrearse, no digamos con el europeo y el norteamericano, sino incluso con el de otras literaturas hispanoamericanas, como la argentina, la mexicana y la venezolana.

¿POR QUÉ UTILIZA ESTE GÉNERO EN SU CREACIÓN LITERARIA?

En mi caso, creo honradamente, habría que formular la pregunta en pretérito: "¿Por qué utilizó este género. . . ?" La verdad sea dicha: porque a la edad en que yo empecé a escribir, no podía utilizar otro. Recuerdo que Juan Bosch, al comentar mi primer libro de cuentos, declaró que allí, más que un cuentista, lo que había era un novelista en cierne. Entonces no se lo creí, pero ahora creo que tenía razón. Sólo que para escribir novelas hace falta una experiencia vital que, salvo en casos excepcionales, no se alcanza antes de los treinta años. Hace exactamente cinco años que no escribo un cuento. Creo que el género más adecuado para tratar los temas que me interesan en este momento es el ensayo. Pero también tendré que seguir narrando, pues tengo entre mis planes inmediatos una biografía de Ramón Emeterio Betances. Gracias en parte a mi forzoso destierro, he logrado una visión de nuestra realidad histórica como difícilmente hubiera podido lograr viviendo en la colonia. El fenómeno, entiendo, se llama *perspectiva.*

LA CARTA*

"San Juan, Puerto Rico
8 de marso de 1947

Qerida bieja:

Como yo le desia antes de venirme, aqui las cosas me van vién. Desde que llegé enseguida incontré trabajo. Me pagan 8 pesos la semana y con eso bivo igual que el alministrador de la central allá.

La ropa aquella que quedé de mandale, no la he podido comprar pues qiero buscarla en una de las tiendas mejóres. Dígale a Petra que cuando valla por casa le boy a llevar un regalito al nene de ella.

Boy a ver si me saco un retrato un día de estos para mandalselo a uste, mamá.

El otro dia vi a Felo el ijo de la comai Maria. El también está travajando pero gana menos que yo. Es que yo e tenido suerte.

* Del libro *El hombre en la calle,* 1948.

Bueno, recueldese de escrivirme y contarme todo lo que pasa por alla.

Su ijo que la qiere y le pide la bendision,
Juan"

Después de firmar, dobló cuidadosamente el papel arrugado y lleno de borrones y se lo guardó en un bolsillo del pantalón. Caminó hasta la estación de correos más cercana, y al llegar se echó la gorra raída sobre la frente y se acuclilló en el umbral de una de las puertas. Contrajo la mano izquierda, fingiéndose manco, y extendió la derecha abierta.

Cuando reunió los cinco centavos necesarios, compró el sobre y la estampilla y despachó la carta.

EN EL FONDO DEL CAÑO HAY UN NEGRITO*

1

La primera vez que el negrito Melodía vio al otro negrito en el fondo del caño fue temprano en la mañana del tercer o cuarto día después de la mudanza, cuando llegó gateando hasta la única puerta de la nueva vivienda y se asomó para mirar hacia la quieta superficie del agua allá abajo.

Entonces el padre, que acababa de despertar sobre el montón de sacos vacíos extendidos en el piso, junto a la mujer semidesnuda que aún dormía, le gritó:

—¡Mire... eche p'adentro! ¡Diantre 'e muchacho desinquieto!

Y Melodía, que no había aprendido a entender las palabras, pero sí a obedecer los gritos, gateó otra vez hacia adentro y se quedó silencioso en un rincón, chupándose un dedito porque tenía hambre.

* Del libro *En este lado*, 1954.

El hombre se incorporó sobre los codos. Miró a la mujer que dormía a su lado y la sacudió flojamente por un brazo. La mujer despertó sobresaltada, mirando al hombre con ojos de susto. El hombre se rió. Todas las mañanas era igual: la mujer despertaba con aquella cara de susto que a él le provocaba una gracia sin maldad. La primera vez que él le vio aquella cara de susto a la mujer no fue en un despertar, sino la noche que se acostaron juntos por primera vez. Quizá por eso a él le hacía gracia verla salir así del sueño todas las mañanas.

El hombre se sentó sobre los sacos vacíos.

—Bueno —se dirigió entonces a ella—. Cuela el café.

La mujer tardó un poco en contestar:

—No queda.

—¿Ah?

—No queda. Se acabó ayer.

Él casi empezó a decir: "¿Y por qué no compraste más?", pero se interrumpió cuando vio que la mujer empezaba a poner aquella otra cara, la cara que a él no le hacía gracia y que ella sólo ponía cuando él le hacía preguntas como ésa. La primera vez que le vio aquella cara a la mujer fue la noche que regresó a la casa borracho y deseoso de ella y se le fue encima pero la borrachera no le dejó hacer nada. Quizá por eso a él no le gustaba verle aquella cara a la mujer.

—¿Conque se acabó ayer?

—Ajá.

La mujer se puso de pie y empezó a meterse el

vestido por la cabeza. El hombre, todavía sentado sobre los sacos vacíos, derrotó su mirada y la fijó por un rato en los agujeros de su camiseta.

Melodía, cansado ya de la insipidez del dedo, se decidió a llorar. El hombre lo miró y preguntó a la mujer:

—¿Tampoco hay ná pal nene?

—Sí... Conseguí unas hojitah 'e guanábana. Le guá'cer un guarapillo 'horita.

—¿Cuántos díah va que no toma leche?

—¿Leche?—la mujer puso un poco de asombro inconsciente en la voz—. Desde antier.

El hombre se puso de pie y se metió los pantalones. Después se allegó a la puerta y miró hacia afuera. Le dijo a la mujer:

—La marea 'tá alta. Hoy hay que dir en bote.

Luego miró hacia arriba, hacia el puente y la carretera. Automóviles, guaguas y camiones pasaban en un desfile interminable. El hombre sonrió viendo cómo desde casi todos los vehículos alguien miraba con extrañeza hacia la casucha enclavada en medio de aquel brazo de mar: el "caño" sobre cuyas márgenes pantanosas había ido creciendo hacía años el arrabal. Ese alguien por lo general empezaba a mirar la casucha cuando el automóvil, o la guagua o el camión, llegaba a la mitad del puente, y después seguía mirando, volteando gradualmente la cabeza hasta que el automóvil, o la guagua o el camión, tomaba la curva allá adelante. El hombre sonrió. Y después murmuró:

—¡Pendejos!

A poco se metió en el bote y remó hasta la orilla. De la popa del bote a la puerta de la casa había una soga larga que permitía a quien quedara en la casa atraer nuevamente el bote hasta la puerta. De la casa a la orilla había también un puentecito de madera, que se cubría con la marea alta.

Ya en la orilla, el hombre caminó hacia la carretera. Se sintió mejor cuando el ruido de los automóviles ahogó el llanto del negrito en la casucha.

2

La segunda vez que el negrito Melodía vio al otro negrito en el fondo del caño fue poco después del mediodía, cuando volvió a gatear hasta la puerta y se asomó y miró hacia abajo. Esta vez el negrito en el fondo del caño le regaló una sonrisa a Melodía. Melodía había sonreído primero y tomó la sonrisa del otro negrito como una respuesta a la suya. Entonces hizo así con la manita, y desde el fondo del caño el otro negrito también hizo así con su manita. Melodía no pudo reprimir la risa, y le pareció que también desde allá abajo llegaba el sonido de otra risa. La madre lo llamó entonces porque el segundo guarapillo de hojas de guanábana ya estaba listo.

* * *

Dos mujeres, de las afortunadas que vivían en tierra firme, sobre el fango endurecido de las márgenes del caño, comentaban:

—Hay que velo. Si me lo ‘bieran contao, ’biera dicho qu’era embuste.

—La necesidá, doña. A mí misma, quién me ’biera dicho que yo diba llegar aquí. Yo que tenía hasta mi tierrita...

—Pueh nojotroh fuimoh de los primeroh. Casi no ’bía gente y uno cogía la parte máh sequecita, ¿ve? Pero los que llegan ahora, fíjese, tienen que tirarse al agua, como quien dice. Pero, bueno, y... esa gente, ¿de onde diantre haberán salío?

—A mí me dijeron que por ái por Isla Verde ’tán orbanisando y han sacao un montón de negroh arrimaoh. A lo mejor son d’esoh.

—¡Bendito...! ¿Y usté se ha fijao en el negrito qué mono? La mujer vino ayer a ver si yo tenía unas hojitah de algo pa hacerle un guarapillo, y yo le di unas poquitah de guanábana que me quedaban.

—¡Ay, Virgen, bendito...!

* * *

Al atardecer, el hombre estaba cansado. Le dolía la espalda. Pero venía palpando las monedas en el fondo del bolsillo, haciéndolas sonar, adivinando con el tacto cuál era un vellón, cuál de diez, cuál una peseta. Bueno... hoy había habido suerte. El blanco que pasó por el muelle a recoger su mercancía de Nueva York. Y el obrero que le prestó su carretón toda la tarde porque tuvo que salir corriendo a buscar a la comadrona para su mujer, que estaba echando un pobre más al mundo. Sí, señor. Se va tirando. Mañana será otro día.

Se metió en un colmado y compró café y arroz y habichuelas y unas latitas de leche evaporada. Pensó en Melodía y apresuró el paso. Se había venido a pie desde San Juan para no gastar los cinco centavos de la guagua.

3

La tercera vez que el negrito Melodía vio al otro negrito en el fondo del caño fue al atardecer, poco antes de que el padre regresara. Esta vez Melodía venía sonriendo antes de asomarse, y le asombró que el otro también se estuviera sonriendo allá abajo. Volvió a hacer así con la manita y el otro volvió a contestar. Entonces Melodía sintió un súbito entusiasmo y un amor indecible hacia el otro negrito. Y se fue a buscarlo.

EL PASAJE *

I

SE ENCONTRARON por casualidad en la salida de la estación del *subway* de la calle 103, y Juan —que tenía empleo— invitó a Jesús —que no tenía— a tomarse una cerveza.

Juan prefirió la bodega de un paisano —"La Flor de Borinquen"— donde servían cerveza en latas en dos mesitas que había en la trastienda. La bodega estaba más lejos de la estación del *subway* que el bar del irlandés que sabía español y vivía con una cubana, pero Juan explicó:

—Mal rayo me parta si me paro delante 'e un bar. Tengo los riñoneh desbarataoh, mi hermano, y los pieh que no los aguanto.

—¿Del trabajo? —preguntó Jesús.

—¿Tú sabeh lo que es 'tar parao el día entero apretándole los tuboh a tóh los radioh que te mandan por el condenao *conveyor line*?

—¿Y qué, no se pué sentar uno?

* Del libro *En este lado*, 1954.

—Pregúntale por qué no al dueño 'e la fábrica. Yo te digo una cosa: este país es la muerte. Mira, ésta es la bodega.

Entraron. Juan saludó al bodeguero:

—¿Quiubo? Tírame con dos latah pa la trastienda.

—¿Qué marca? —preguntó el bodeguero.

—La que te dé la gana, mi viejo. Aquí toa la cerveza es meao de caballo.

—Si quiereh, te mando a buscar una "India" a Puerto Rico.

Juan se detuvo a la entrada de la trastienda:

—No; te equivocaste. Yo lo que tomaba en Puerta 'e Tierra era "Corona".

—¡Ah, verdá, que tú ereh de Puerta 'e Tierra! Oye, a propósito, ¿viste "El Imparcial" que llegó esta mañana?

—¿Qué dice?

—El "Santurce" le ganó el campeonato al "San Juan" en la serie final. ¡Les debe dar vergüenza! ¡Dispuéh que ganaron de calle la primera vuelta!

—¡Bah, no te ocupeh! El año que viene nos desquitamoh.

—¡Año que viene ni año que viene! Cuando tengan un pitcher como Rubén Gómez entonceh hablamoh.

—Unjú. Deja ver si un día d'estoh nace otro Satchel Paige. Bueno, tráeme las dos cervezas y no hableh pendejáh.

Se sentaron a una de las dos mesitas. La otra estaba ocupada. Jesús preguntó:

—Oye, Juan, ¿y cuánto te pagan en el trabajo?

—Treinticinco a la semana.

—¡Coño, si yo consiguiera una pega así!

—No seah pendejo; eso pensaba yo al principio. ¡Y ahora tengo unas ganah de rajarme!

—¿ Por qué?

—¿No te digo que tóh los días salgo de la factoría desbaratao?

—Pero como quiera 'tás mejor que yo.

—¿Tú todavía no has encontrao ná?

—¡Guá encontrar! Ayer me dijeron que había un yope de lavaplatoh en una cafetería y me tiré p'allá. Pero cuando llegué ya se lo habían dao a otro.

—Puertorriqueño también, seguro, porque aquí los únicoh que lavamoh platoh somoh los puertorriqueñoh. Ya ni los negroh americanoh quieren esos trabajoh.

—Pa que tú veah, el que me avisó fue un negrito del West Side que dejó esa pega pa trabajar en un *laundry*.

—Ya te digo. Ese *laundry* seguro que es uno de los de Ray Robinson, onde no trabajan más que negroh. Y hace bien en proteger a su gente, ¡qué caray! Pero los puertorriqueñoh hasta pa eso somoh brutoh, chico. Cuando nosotroh tuvimoh un campeón mundial de boxeo, ¿a que no se le ocurrió poner un negocio aquí pa darle trabajo a los paisanoh? Se compró una finca 'e caña en Barceloneta. ¿Y quién le llenaba el estadium cá vez que peliaba, si no eran los puertorriqueñoh de Harlem?

Llegó el bodeguero con las dos latas de cerveza.

—Ah, ¿eso fue lo que trajiste? —dijo Juan mirando las latas.

—¿Qué, no dijiste que no te importaba la marca? ¿Qué aquí tó era meao de caballo?

—Tieneh razón, chico; apúntate esa.

—No, si eso lo dijiste tú. A mí la cerveza de aquí me gusta, ¿pa qué te guá engañar?

—Sí, seguro. Yo sé que a ti tó lo de aquí te gusta. Ten cuidao que un día un amigo no te lleve la mujer al cine.

—¡Qué va a ser! Oye, ¿quieren vasoh pa la cerveza?

—No. Al cul-cul es mejor.

El bodeguero volvió a su mostrador y Juan, levantando su lata de cerveza, le dijo a Jesús:

—Bueno, mi viejo, a tu salú. Que consigah trabajo pronto.

Jesús no levantó su lata; sólo dijo, con la mirada fija en una mosca que se agenciaba con los granitos de azúcar esparcidos sobre la mesa:

—Yo creo que yo me rajo.

—¿Ah?

—Me rajo. Me voy pa Puerto Rico.

—¿Pa Puerto Rico? ¿A qué? ¿A picar caña?

—A lo que sea. Esto aquí es la muerte. Yo tengo un cuñao mecánico que trabaja en la General Motors en San Juan. A lo mejor me consigue una pega.

—A lo mejor.

—Lo malo es el condenao pasaje. No tengo la plata.

—¿Y no tieneh quien te la preste?

—¿De dónde? Como no tengo trabajo ni aquí ni allá, nadie se dispara la maroma. Piensan que no les guá poder pagar.

—Caray, si yo tuviera...

—No, chico, no te ocupeh, yo sé que tú lo haríah con gusto, pero...

—...pero como tú mismo diceh, ¿de dónde? Bueno, chico, tómate esa cerveza, que se te va a calentar. Ya aparecerá algo, no te apureh. Al principio siempre es así.

—Sí, eso yo lo sabía. Ya me lo 'bían dicho allá anteh de venir. Pero es que ya llevo aquí tres meseh.

Y Jesús se llevó su lata de cerveza a los labios y ya no dijo más.

II

Una semana después, Juan salió de la estación del *subway* de la calle 103 y decidió tomarse una cerveza. Pensó en el cercano bar del irlandés que sabía español y vivía con una cubana, pero le dolían mucho la espalda y los pies y prefirió una de las mesitas en la trastienda de "La Flor de Borinquen".

Al entrar en la bodega, le sorprendió que el bodeguero, antes de saludarlo, le preguntara a boca de jarro:

—Oye, Juan, ¿cómo se llamaba aquél que estuvo aquí contigo el otro día?

—¿Cuál?

—Aquél que se tomó las cervezas contigo en la trastienda.

Juan hizo memoria unos instantes.

—¡Ah! —dijo al cabo—. Sería Jesúh. ¿Por qué?

—¿Tú viste el "Daily News" de hoy?

—Todavía no. ¿Qué...

—Pues mira.

Y el bodeguero, tendiéndole el periódico, le señaló con un dedo la foto que ocupaba la mitad de la primera plana. Juan miró. Un hombre aparecía tendido en el piso de un *delicatessen,* a los pies de dos policías que miraban sonrientes al fotógrafo.

—Mírale la cara —dijo el bodeguero.

Juan miró la cara del muerto en la fotografía.

—¿No es el mismo? —preguntó el bodeguero—. Yo creo que la memoria no m'engaña, y abajo dice el nombre, fíjate: Jesús Rodríguez. Parece que tu amigo se metió a atracador con una cuchilla... ¡con una cuchilla, imagínate! ... y la policía lo limpió.

—Sí, él es —dijo Juan, demudado; y luego añadió, entre dientes, por lo que el bodeguero apenas le oyó—: El pasaje.

—¿El pasaje? —preguntó el bodeguero, sin comprender.

—Sí, el cabrón pasaje —repitió Juan, y tiró el periódico sobre el mostrador y salió a la calle. Y el bodeguero se quedó sin comprender.

RENÉ MARQUÉS

La formación inicial de René Marqués se orienta decididamente hacia la dramaturgia. En los años cuando José Luis González se forma como cuentista, Marqués está dedicado al estudio intenso del teatro en sus expresiones más nuevas, europeas y norteamericanas.

La revista *Asomante* publica en 1948 su primera pieza de carácter experimental y tema universal: *El hombre y sus sueños.* Hay en ella resonancias unamunescas, lo cual se explica si sabemos que fue precisamente Unamuno el escritor español de la Generación del 98 por quien Marqués sintió mayor admiración y afinidad espiritual en sus años de adolescente.

En 1950 se estrena en el Teatro Universitario su segundo drama —escrito en España cuatro atrás— *El sol y los MacDonald.* Esta pieza dramática trae significativas innovaciones al teatro puertorriqueño: la introducción del narrador-actor, escenas retrospectivas, planos simultáneos de acción y el monólo teatral tratado con criterios modernos, equivalente al "fluir de la conciencia" de los géneros narrativos: nada nuevo en los teatros europeo y norteamericano contemporáneos, pero novedad revolucionaria en el teatro puertorriqueño de la época.

El tratamiento del tema del incesto tiene resonancias del dramaturgo estadounidense Eugene O'Neill, pero el enfoque filosófico del fluir del Tiempo y de la angustia existencial del Hombre, ya aquí apuntado, sitúa la obra fuera de la órbita del teatro norteamericano de ese período. Dicho enfoque, de raíces españolas y europeas —téngase presente que el autor admiró a Unamuno antes de conocer a Sartre— o incorporado por vez primera a la literatura nacional contemporánea con *El sol y los MacDonald,* ha de preocupar a Marqués a lo largo de su producción posterior, y tendrá su desarrollo y un más profundo y acertado tratamiento en varias de las obras teatrales y piezas narrativas del autor.

En 1949 escribe Marqués en Nueva York la primera obra que aborda como tema el Nacionalismo puertorriqueño. Se trata de *Palm Sunday* (Domingo de Ramos), drama en inglés sobre la Masacre de Ponce, que se estrena en el Teatro Tapia de San Juan en 1956, siete años después de su concepción. De vigoroso impacto dramático, *Palm Sunday* queda un tanto al margen del resto de la labor teatral de su autor por lo directo y contundente del lenguaje, por la escasa sutileza que exhibe en el diálogo. Es probable que ello se deba a la realización del drama en un idioma que no es el propio. Esto último plantea el problema de si una obra escrita en inglés por un autor local, aun cuando su tema aborde el Nacionalismo autóctono, puede propiamente considerarse literatura puertorriqueña. Personalmente creemos que no.

La revista *Asomante* publica en 1952 la cuarta pieza de este dramaturgo, *La carreta,* drama en tres actos que se estrena en Nueva York (1953), en San Juan (1954) y en el Teatro Nacional María Guerrero de Madrid (1957). La obra destaca el ciclo completo de la emigración campesina actual: campo, arrabal sanjuanero y urbe neoyorquina. Descubrimos en ella cierta afinidad con la Generación del Treinta por lo que encierra de protesta social. Sin embargo, estilo y criterios estéticos la apartan de aquella trayectoria, no sólo por la intención y tono poéticos que suavizan la crudeza de su realismo, sino por el uso peculiar del habla *jíbara.* El lenguaje campesino, en su degeneración y corrupción a través de los contactos con el arrabal y la urbe, se utiliza aquí —según certeramente ha señalado el Dr. Ludwig Schajowicz— como símbolo del deterioro moral y espiritual de la familia protagonista en su abandono de la tierra. En otras palabras, la preocupación primordial en el uso de elementos *jíbaros* ha sido más sicológica y simbólica que costumbrista o naturalista.

Cuatro años después de *La carreta,* Marqués aporta a su producción un nuevo género con *Juan Bobo y la Dama de Occidente* (pantomima puertorriqueña para un ballet occidental), publicada en México en 1956. Se trata de una farsa satírica en pantomima sobre problemas culturales y políticos de viejo arraigo en nuestro medio.

En 1957 su tragedia inédita, *La muerte no entrará en palacio,* obtiene Mención Honorífica en el Certamen de Teatro del Ateneo. Hay en esta obra acentuadas innovaciones temáticas y técnicas, y quizás sea uno de los dramas de mayor envergadura que hasta la fecha haya escrito el autor. Su tema gira alrededor de las claudicaciones de un gobernante idealista durante sus veinte años en el poder.

Como culminación del Primer Festival de Teatro, auspiciado por el Instituto de Cultura Puertorriqueña, se estrena en 1958 y en el Teatro Tapia, un nuevo drama de Marqués, *Los soles truncos.* Partiendo de raíces autóctonas el dramaturgo logra proyectar un tema nuestro al plano universal a través de aquel enfoque filosófico del Tiempo ya esbozado en *El sol y los MacDonald.* Técnica y estilo alcanzan aquí mayor concreción dramática y estética que en la pieza de 1950.

Su última obra, *Un niño azul para esa sombra,* a estrenarse en el transcurso del presente año, obtiene el Primer Premio de Teatro del Ateneo Puertorriqueño en 1958. Cercana a *Los soles truncos* en valores dramáticos y poéticos, *Un niño azul para esa sombra* alcanza a nuestro ver, mayor altura trágica.

Primordialmente dramaturgo, René Marqués se inicia en el cultivo de los géneros narrativos tarde ya en la década del cuarenta. Estudiando el teatro de los franceses Jean Paul Sartre y Albert Camus, del ruso Chéjov y del italiano Pirandello, descubre la obra cuentística y novelística de estos autores. Ello despierta su interés en el relato moderno como posibilidad de creación. Lecturas posteriores de Proust, Kafka, y algo de Joyce, constituyen su bagage inicial en el cultivo del género.

En 1948 su primer relato de corte moderno *El miedo*, obtiene el Premio del Cuento del Ateneo Puertorriqueño, publicándose ese mismo año en la revista *Asomante*. La Dra. Concha Meléndez señala que con este cuento se inicia en nuestra literatura la corriente existencialista. Hay resonancias sartreanas, pero éstas, para decirlo en palabras del crítico argentino Enrique Anderson Imbert al referirse a la obra de Marqués, penetran como "tirabuzón" en la realidad política y social puertorriqueña. En cuentos posteriores desaparece la acción "tirabuzónica" y la angustia existencial surge ya plenamente enraizada en la angustia política del hombre de Puerto Rico.

En 1955 publica Marqués su libro de cuentos *Otro día nuestro*. Con él se incorpora a la narrativa puertorriqueña contemporánea el tema Nacionalista —ya tratado por el autor en teatro con su *Palm Sunday*—, se reitera la inquietud metafísica introducida con *El miedo*, y se aborda, por vez primera, y con mordacidad quevedesca, la nueva doctrina jurídica de "culpabilidad por asociación". En el único cuento de ambiente rural de esta colección —*Pasión y huída de Juan Santos, santero*— nos parece descubrir resonancias del enfoque irónico de Emilio S. Belaval *(Cuentos para fomentar el turismo)*. De otra parte, hay una narración que, a nuestro juicio —pese al encanto que le han descubierto algunos críticos, o quizás precisamente por él— bordea peligrosamente la estampa literaria y no debió haberse incluído en el libro. Nos referimos a *El milagrito de San Antonio*.

En años posteriores el escritor intensifica la producción cuentística. Sus cuentos *Dos vueltas de llave y un arcángel, En la popa hay un cuerpo reclinado* (audaz tratamiento del matriarcado en la nueva clase media puertorriqueña, relato que hemos seleccionado para esta antología) y *La sala* obtienen Primeros Premios en Certámenes del Ateneo Puertorriqueño de 1955, 1956 y 1958 respectivamente. En 1956 obtiene también el Segundo Premio su cuento *El niño en el árbol.*

A principios de 1958 Marqués recibe el Primer Premio en un concurso de cuentos históricos auspiciado por el Instituto de Cultura Puertorriqueña con motivo del 450 aniversario de la colonización de Puerto Rico. El cuento premiado, *Tres hombres junto al río,* toma como núcleo dramático la muerte de Salcedo por los indios boriquenses. "Es una magnífica recreación de un hecho histórico", apunta la Dra. Meléndez.

Esta producción posterior y, a nuestro juicio, superior a *Otro día nuestro,* y que contiene innovaciones temáticas, técnicas y estilísticas, en la producción del autor, se reúne en un nuevo volumen bajo el título de *En una ciudad llamada San Juan.* Dos de estos cuentos han sido ya publicados en la revista *Asomante.* En ellos se acentúa la proyección universalista del tema: el hombre puertorriqueño aparece aquí como producto, no sólo de determinado medio geográfico, sino también de un período histórico que trasciende fronteras. Las raíces, sin embargo, están firmemente afincadas en la realidad social y política del Puerto Rico actual.

La primera novela del autor, *La víspera del hombre,* obtiene en 1958 el Primer Premio de Novela del Ateneo Puertorriqueño. De concepción simultánea a varios de sus últimos cuentos es, en buena medida, resultado de técnica, ambiente y enfoque distintos a los utilizados en la mayoría de los relatos cortos. Hay en ella un retorno al hombre y ambiente de ruralía de veinte años atrás, no obstante que el eje de la acción siga siendo la problemática filosófica de la vida-tiempo. La anécdota aborda la vida y pasión de un niño campesino que va despertando al mundo implacable de los adultos, cuyo umbral ha de trasponer "a golpes de dolor". No recordamos en nuestra literatura antecedente alguno en que la obra novelística gire totalmente, como en este caso, alrededor de un protagonista niño.

René Marqués, al igual que otros creadores de su promoción, cultiva también el comentario bibliográfico y el ensayo. Ha hecho labor periodística por la cual obtiene en 1948 uno de los Premios de Periodismo del Instituto de Literatura. Publica, además, crítica teatral y literaria en *El mundo, Diario de Puerto Rico* y *Asomante.* En 1958 obtiene el Premio del Ensayo del Ateneo por una interpretación de la realidad contemporánea puertorriqueña: *Pesimismo literario y optimismo político: su coexistencia en el Puerto Rico actual,* la cual se publica en 1959 en *Cuadernos americanos,* de México.

AUTOBIOGRAFÍA

NACÍ (INSULAR por los cuatro costados: mallorquines, canarios y puertorriqueños componen la yerba geneológica) en Arecibo —costa norte, mar rebelde— un cuatro de octubre (afirman que el de 1919), bajo la advocación de San Francisco, de cuya evangélica paciencia —infortunadamente— ración menguada me otorgara el santo.

Nieto de agricultores, estudio en el Colegio de Agricultura y Artes Mecánicas de Mayagüez donde, entre fórmulas de abonos químicos y lecturas extemporáneas de literatura, obtengo mi grado de agrónomo. Con la tinta del diploma húmeda aún, me caso con mi compueblana Serena Velasco, unión que habría de deshacerse legalmente casi tres lustros después. Trabajo dos años con el Departamento de Agricultura. En 1946 mi esposa y yo liamos los bártulos y los dos primeros hijos y nos vamos a Madrid. Un año en España: cursos de literatura en la Universidad Central; auscultación del teatro español, clásico y contemporáneo.

Regreso a la que aseguran fuera en alguna ocasión Isla del Encanto. Trabajo como gerente en Velasco Alonso, Inc. Fundo y presido Pro Arte de Arecibo, quizás por aquello de compensar la mercurial tarea en la razón comercial de mi suegro. *El Mundo* publica crónicas y reseñas, *Asomante* mis críticas literarias.

En 1948 nace mi tercer hijo y la Fundación Rockefeller

me concede una beca para estudiar dramaturgia en los Estados Unidos. (Lo segundo —debo aclarar— no fue concesión de mérito por lo primero.) Me veo precisado a posponer la aceptación de la beca. Me traslado a San Juan para trabajar en *El Diario de Puerto Rico*. Soy allí redactor y titulista (si el inverosímil rompecabezas de inventarles títulos a las noticias así se denomina) por encomienda oficial, y reseñador de libros y crítico de espectáculos por encomienda propia.

En 1949 abandono el *Diario*, acepto la beca Rockefeller y estudio dramaturgia (*playwriting*) en la Universidad de Columbia, tomando algunos cursos adicionales en el Piscator's Dramatic Workshop de Nueva York. Regreso a San Juan en 1950 y empiezo a trabajar como escritor en la División de Educación de la Comunidad del Departamento de Instrucción Pública. En 1953 se me asciende a Jefe de la Unidad de Editorial de dicha agencia, cargo que aun desempeño (escribo en abril de 1959).

Para 1951 fundo, junto a un escasísimo, pero heroico, puñado de fervorosos creyentes en el arte dramático —y con la doctoral anuencia de Nilita Vientós, presidenta de la Doctísima Casa— el Teatro Experimental del Ateneo, el cual dirijo hasta 1954, ocupando, además, para esos años, el cargo de Secretario en la Junta de Directores del Ateneo Puertorriqueño.

En 1954 se me concede una beca Guggenheim para escribir mi primera novela. Me es imposible aceptarla hasta 1957, cuando me traslado a Nueva York, escribiendo allí buena parte de lo que luego habría de ser *La víspera del hombre*.

A fines de 1957 visito brevemente Madrid para asistir al estreno de mi drama *La carreta* en el Teatro Nacional María Guerrero, y luego Palma de Mallorca para conocer a la familia de mi padre (deuda filial que no había saldado en mi primer viaje, diez años atrás). En 1958 viajo a Ciudad de México como miembro de una delegación oficial puertorriqueña que asiste a la Primera Bienal Interamericana de Pintura.

Durante los primeros meses de 1959 fundo, junto a Eliezer Curet Cuevas, y con la cooperación de un reducido número de inversionistas puertorriqueños (más una dama canadiense) —pero sin ayuda económica, conste así, de Fomento Industrial— el Club del Libro de Puerto Rico. Debe entenderse —y me complace aclararlo— que la valiosa idea surge, no del escritor, sino del Maestro en Economía, cuya fe en nuestra literatura y en nuestro público lector me ha inclinado a modificar, en parte, mi inveterado escepticismo respecto a la misión y labor de perito tal en la sociedad contemporánea.

Esto último me lleva a "autobiografiar" algunas de mis ideas por si alguien, además de René Marqués, pudiera mostrar indiscreto interés en ellas.

Tengo en alto aprecio la Razón, no obstante sentir hondísimo respeto por la Pasión. Rechazo el fanatismo con igual energía con que rechazo esa ridícula patraña que los impotentes y mediocres han dado en llamar hoy "objetividad científica".

Creo radicalmente en la Libertad, por lo cual no me queda otro remedio que creer en la Democracia, entendiéndose que hablo de la liberal, no de la igualitaria o *estandarizadora*. Esta última me parece, en su expresión norteamericana, violentamente reprobable, y en su expresión soviética, sencillamente detestable o, lo que es para mí igual, de aceptación imposible. Tampoco es cosa de pensar, ilusionado, que la salvación ha de venir del neo-liberalismo a secas. La salvación (¿o es la felicidad?) no está, en última instancia, en parte alguna del mundo político, sino en lo más recóndito del individuo, mejor aún, de la *persona*. Por ello —y volviendo al punto de partida— creo, primordialmente, en la Libertad.

Creo en lo religioso más que en la religión. Poseo un rico trasfondo católico del que no tengo intención alguna de renegar. Sin embargo, mi temperamento —quizás más que mi razón— me impide seguir el rigor dogmático del Catolicismo romano casi tanto como me impide aceptar la hipocresía puritana del Protestantismo anglosajón. A pesar de lo cual creo entender que soy, de modo esencial, un espíritu profundamente religioso.

Tengo dos preocupaciones fundamentales en la vida. Como padre, mis hijos: tanto los de la imaginación poética o de ficción, como aquellos más reales de mi propia carne y espíritu: Raúl Fernando, Brunilda María y Francisco René. Como puertorriqueño, el logro de la soberanía nacional para mi pueblo. A estas dos preocupaciones, que son fundamentos espirituales de mi existencia dedico, fervorosa y verazmente, mis capacidades de creatura humana. (Todo esto suena estiradamente solemne pero en el fondo no lo es. Amo intensamente la vida —sobre todo en lo que ésta tiene de pasión, desafío, lucha— y gozo a plenitud todo lo que de humor descubro en ella. Mi capacidad para reír es casi tanta como mi capacidad para indignarme. No obstante, porque vivo en una sociedad que considera más aceptable la risa que la indignación (y siendo yo un animal tan sociable como el que más), he de reprimir muy a menudo esta última, lo que trae como resultado que, sublimada y trasmutada al plano poético, aparezca en mi creación literaria. Quizás por ello la seriedad caracterice fundamentalmente mi obra, mientras que el humor —el cual no me preocupa reprimir— sea pan cotidiano en mi vida. En cuanto al mundo que me rodea, lo veo sórdido y sublime, aburrido y excitante, de honda sabiduría y de estupidez animal, odioso en grado sumo y amable hasta conmover, trágico y ridículo, fascinante, en fin. ¿No es ése, después de todo, "el mejor de los mundos posibles" para un escritor? Convencido de ello, el autor que hay en mí nada reprocha. Es como puertorriqueño que el mundo y yo tenemos viejas cuentas que saldar, cuentas que, ¡ni dudarlo!, saldaremos, aunque para ello sea preciso que tome a mi servicio, ¡precisamente!, al escritor.)

¿Qué concepto tiene usted del cuento como género literario?

El cuento es para mí, de modo esencial y en último análisis, la dramática revelación que en un ser humano —hecho personaje literario— se opera, a través de determinada crisis, respecto al mundo, la vida o su propia alma. Lo sicológico es, por lo tanto, lo fundamental en el cuento. Todo otro elemento estético ha de operar en función del personaje. De lo contrario, deja de ser "funcional" y se convierte en materia extemporánea, muerta. Dada la brevedad que, en términos de extensión, dicta el género, el cuento se presta, quizás más que otras expresiones en prosa, al uso afortunado del símbolo como recurso de síntesis poética. Es también, por la misma razón de su brevedad, susceptible de alcanzar la depuración técnica y estilística que rara vez alcanza la novela.

¿Por qué cultiva usted este género?

Si se acepta el concepto arriba apuntado, se comprenderá que la perspectiva de "contar un cuento" al modo tradicional, no estimule en modo alguno mi facultad creadora. Si sólo se tratase de contar anécdotas, por interesantes que éstas fuesen, no cultivaría el género. Lo cultivo por lo que veo en él de concreción estética, por sus fecundas posibilidades expresivas, por el reto que el género constituye a la capacidad de síntesis poética del escritor.

OTRO DÍA NUESTRO *

. . . sin otra luz ni guía sino
la que en el corazón ardía.

San Juan de la Cruz

Miró a través de sus párpados entreabiertos las recias vigas de ausubo que sostenían los ladrillos del techo. La humedad dibujaba en ellas manchas negruzcas de contornos irregulares. "Dos siglos sosteniendo esa pesada carga", pensó somnoliento. ¿Y cuántos siglos antes de convertirse en vigas los troncos venerables? Dos siglos quizás. Dos siglos de vida en los bosques vírgenes de las montañas isleñas. Cuando aún los bosques eran vírgenes. Cuando aún existían bosques. Cuatro siglos. Los ausubos habrían sido endebles arbolillos cuando el gran descubridor pisó por vez primera las playas de la Isla. ¡Cuatro siglos! La historia toda de la nación en ciernes.

Sus párpados, pesados aún por el sueño, se abrie-

* Incluido en el volumen del mismo título, 1955.

ron totalmente para captar en su conjunto el ritmo monótono y simétrico de las líneas del techo. Su cerebro retuvo por unos segundos el pensamiento de la última frase: "nación en cierne". Pero los labios, casi inconscientemente, murmuraron:

—Construían para la eternidad.

Su voz le sobresaltó. Incorporóse en la cama. La palabra "eternidad" parecía aún flotar en la atmósfera húmeda de la habitación. *Mil años son ante tus ojos como el día de ayer que ya pasó, y como una de las vigilias de la noche.* Su mirada se había detenido en el Crucificado. El cuerpo del hombre en la cruz, labrado toscamente en madera blanda, se retorcía en un movimiento grotesco. Sonrió pensando cuántos ojos se habían apartado horrorizados de aquel Cristo agónico. "Pero es hermoso, pensó. Manos campesinas lo labraron para mí." Luego añadió: "Manos de mis hermanos. Madera de mi tierra."

Imaginó, sin verlos ya, los ausubos del techo. De un tirón echó a un lado la sábana que cubría su cuerpo magro. Y tuvo un estremecimiento de asombro. Su pie derecho descansaba sobre el izquierdo. Sus piernas desnudas y secas permanecían unidas. Las caderas asumían una pose violenta en relación al torso. Parecía haberse inmovilizado en una contorsión grotesca. Volvió a mirar al Crucificado. Y pensó una vez más en los ausubos del techo. Desde allá arriba su cuerpo sobre la cama debería parecer un Cristo agónico.

—Maestro, tiene usted rostro de Cristo.

La frase, tantas veces escuchada, hería de nuevo sus oídos como si hubiera sido recién pronunciada. "Gracias, Dios mío, por este día nuevo que añades a mi vida." Y rezó con unción, sus ojos muy cerrados para no ver los cuatro siglos de historia que sostenían la carga de ladrillos.

Por la puerta abierta que daba al balcón, entró un airecillo frío que fue a rozar con aspereza su cuerpo semidesnudo.

—Amén —dijo en voz alta. Y se puso de pie

Fue al lavabo y metió la cara en el agua. Había olvidado cambiar el agua, pero el fresco en los párpados cansados le dio una sensación de bienestar y no se tomó la molestia de tener escrúpulos por su poca diafanidad. Se enjugó el rostro a conciencia, como si ejecutara una operación difícil y complicada. Luego se puso los pantalones. Trató de alisar con los dedos sus cabellos ensortijados y grises. "Gracias por este día nuevo..."

Miró en torno suyo. El tiempo parecía haberse detenido en aquella habitación de humildad monacal. La cama de hierro. El lavabo anacrónico. El quinqué sobre el velador de caoba. "¿Fue el mes pasado que cortaron la luz eléctrica?" El techo tan alto. La puerta tan amplia. Las paredes tan gruesas. "Construían para la eternidad." Y volvió a mirar al Crucificado labrado por manos campesinas. "Manos hermanas. Madera de mi tierra."

Un ruido súbito hizo vibrar sus nervios. Era una mezcla de sonidos indescriptibles. Un rugir de motores. Un chirriar de engranajes y poleas recias. Un crepitar metálico de tambores monstruosos. El tiempo, detenido en el lavabo, en la cama de hierro, en el Crucificado grotesco, en las vigas de ausubo, se estremeció ante el empuje brutal de aquella fuerza desconocida.

Miró con aprensión hacia la puerta abierta. "No iré a verle. No iré." Pero una atracción diabólica le llevó hasta la puerta.

El balcón era estrecho. No necesitaba asomarse a la baranda de hierro para ver la calle. Allí abajo estaba el monstruo. Sobre los centenarios adoquines, húmedos aún de rocío, se destacaba la masa gris de acero. El sol no había llegado a herir la estrechez de la calle y, en la suave penumbra del amanecer, la máquina infernal parecía un tanque bélico en momentáneo reposo. Dos hombres con guantes gruesos iban vaciando en las fauces traseras del monstruo el contenido de los *zafacones.* Ejecutaban su labor silenciosos, con ritmo inconsciente de robots, como si fuesen piezas del mecanismo que ruidosamente engullía la basura y la trituraba en sus entrañas para horas más tarde vomitarla en el crematorio municipal.

Apoyado en el marco de la puerta, observaba la operación con la misma fascinación horrible de todas las mañanas. El camión de la basura, con sus líneas aerodinámicas, su mecanismo perfecto y su digestión ruidosa, era como un símbolo de las fuerzas destructoras que amenazaban todo lo por él amado. *Entiende claro por dónde el demonio va a dar su golpe, y húr-*

tale el cuerpo, y la cabeza quiébrale. A sus ojos se había asomado una mirada alucinante y extraña.

El camión alejóse llevando su aséptica eficiencia mecánica a otra calle vecina. El sol dejaba ya escurrir sus primeros rayos sobre los adoquines brillantes de rocío. Alzó la vista y tendióla hacia la ciudad. Era la parte antigua con sus construcciones centenarias de ladrillos y piedra, con sus balcones de hierro forjado como negros encajes de mantillas viejas, con sus antepechos de intimidad familiar, y sus amplias y soleadas azoteas. Y allá, en el fondo, la sobria belleza del fuerte español. Una dulzura infinita fue invadiendo su corazón. Extendió los brazos como para acoger en ellos la ciudad amada. Hubiera querido besar cada piedra, cada ladrillo. Hubiera querido estrechar sobre su pecho la ciudad, y arrullarla con viejas nanas, y protegerla de los peligros que amenazaban su felicidad.

Un reflejo intermitente vino a herir sus ojos. "Otra vez eso", pensó mirando sombrío hacia la torre. Y un amargo desaliento hizo que sus brazos tendidos a la ciudad cayeran inertes a lo largo del cuerpo. Porque el sol se reflejaba ahora en el ápice de aquella torre extraña.

Era una larga y antiestética torre de acero que se elevaba desafiante, dominando el contorno de los edificios centenarios. Y en lo alto se destacaba una serie de intrincados aparatos relucientes. "La torre de la estación naval", se repitió a sí mismo como para explicarse lo inexplicable. No comprendía en absoluto la razón de ser de aquel artefacto hostil. Torre de señales quizás. Pero aquellos reflejos intermitentes, ¿eran efectos del sol o eran rayos lumínicos emitidos por el propio artefacto? "¿Por qué siempre han de dar a mi habitación?" E inconscientemente se movió hacia la izquierda de la puerta para proteger sus ojos de los reflejos hirientes.

El sol revelaba ahora para él, con claridad implacable, detalles que segundos antes no había percibido. La red de cables telefónicos y de hilos eléctricos, como telaraña tejida por un insecto torpe o descuidado. Los postes de alumbrado, negros y ásperos, como esclavos eternizados en servicio público. El rascacielos del banco extranjero, arrojando su sombra amenazadora sobre las dóciles casas coloniales. Las líneas frías y modernas del Hotel Metropolitano, donde rubios turistas dormían la borrachera de su última imbecilidad.

El humo de una fábrica empezaba a formar manchas negras en la limpidez del cielo. La ciudad amada se escapaba de su corazón y comenzaba a debatirse entre los mil ruidos de la vida que le imponían los otros.

—Buenos días, maestro. —La voz era juvenil y áspera. Pero había en ella inflexiones de respetuosa ternura. Miró hacia la casa de enfrente. En el antepecho estaba el joven vecino alisando sus cabellos con un peine verde. Sobre su rostro moreno se destacaba la franqueza de una sonrisa amplia.

—Buenos días, hijo mío, —sonrió él haciendo un leve gesto con la mano—. ¿Has dormido bien?

—Muy bien, maestro. ¿Y usted?

Eran poco más o menos las mismas palabras de todas las mañanas. ¿Quién podría ser? No lo sabía. Probablemente habría vivido allí siempre. Pero él sólo había llegado a notar su presencia en la soledad de los últimos meses de forzoso aislamiento. Recordó que un día en que olvidaron traerle la comida, el joven le había entregado un paquete de fiambres a uno de los guardias de turno.

—*Es para el señor de los altos. No puede pasarse el día sin alimento,* —había dicho.

Cuando le vio a la mañana siguiente en el antepecho, quiso expresarle su gratitud, pero el otro fingió no oírle y le habló de lo cálida que había sido la noche.

"¿Por qué me llamará *maestro*? No es de los míos. No le conozco. Además, es tan joven. Casi un niño." Y pensó en su hijo, refugiado en el extranjero. Trató de revivir en su memoria el rostro del hijo ausente. Pero sólo podía ver la sonrisa amplia destacándose sobre la tez morena. Eran las facciones del vecino las que su mente reconstruía. "¡Tantos años, oh Dios, tantos años!" Y se esforzaba penosamente porque el recuerdo respondiera a sus deseos. De pronto, sintió que un sollozo incontenible le subía a la garganta. ¡Cuán horrible perder a un ser querido en la memoria!

—Hasta luego, maestro. —El joven iba a retirarse

del antepecho. Pero se detuvo mirando hacia la calle. Volvióse a él rápidamente y, haciéndole un guiño malicioso, bajó la voz para decirle—: Los fieles amigos de la noche se retiran. Pero llegan los amigos del alba. —Y desapareció sonriendo.

Era cierto. Cuatro nuevos centinelas venían a sustituir a los nocturnos. Los recién llegados se apostaron en la acera, debajo de su balcón, mientras los otros se alejaban somnolientos Y él sintió por los que se iban una intensa piedad. "No podrán disfrutar de sus hijos hoy. Tendrán que dormir el día para volver a la vela nocturna. Y perderán la dicha de gozar de otro día nuestro." Les siguió con la mirada. Al doblar la esquina, el sol hizo brillar los cañones de sus rifles automáticos.

Salió al balcón y se apoyó en la baranda.

—Buenos días, muchachos.

Los recién llegados contestaron a su saludo con cordialidad. Los uniformes ajustados modelaban nítidamente sus cuerpos atléticos. "Buen plante de soldados", pensó complacido. El oficial, un joven teniente de aspecto grave, se había adelantado hasta situarse exactamente debajo de él. No pudo ocultar cierta nerviosidad al alzar la cabeza juvenil y enfrentarse a su mirada.

—Usted no debe salir al balcón sin camisa. —Su voz había intentado ser autoritaria, pero la inflexión puesta en las frases había dado a éstas el valor de un ruego.

—Tienes razón. Perdona. No me había dado cuenta. —Sonrió al teniente y se retiró. Experimentaba una gran turbación. No se explicaba cómo pudo haberse mostrado así en público. Se sintió culpable y avergonzado como un niño cogido en falta.

—Maestro, parece usted un gran señor del siglo pasado.

Miró su camisa ajada sobre la silla de laurel y enea, su corbata de seda negra, sus zapatos de charol deslustrado.

Empezó a vestirse cuidadosamente, estirando las arrugas de la camisa. Ató la corbata con un ancho lazo al estilo del siglo XIX, disimulando hábilmente las partes más deterioradas.

Me gusta lo que hay en ti de otras edades.

La voz de ella volvía a él como un breve relámpago de ternura. Se calzó los zapatos y miró con disgusto las manchas opacas en el charol. Trató de eliminarlas con un pedazo de periódico. Luego se lavó las manos. "Tengo que cambiar el agua", pensó. Se alisó el cabello rebelde y se atusó el bigote. Ya estaba listo. Pero se detuvo en seco.

¿A dónde iba? ¿Ir? Se volvió con desaliento. Miró en derredor y sus ojos se detuvieron en los viejos libros. Sólo quedaban unas pocas docenas de los miles de volúmenes que fue dejando en manos amigas. Su mirada resbaló por los lomos cuyas letras doradas el tiempo había desvaído. Los había leído mil veces. Se sabía de memoria, no sólo las líneas impresas, sino también sus propias anotaciones escritas a lápiz con letra pequeña e irregular. Su mirada descansó sobre el pequeño volumen de piel roja con dedicatoria de Juan.

Antes de septiembre Juan venía a diario. Era cierto que le sometían a un penoso registro en el zaguán. Para llegar a su habitación las manos y los bolsillos de su único visitante debían estar vacíos. Pero Juan traía noticias, voces amigas, mensajes de aliento, datos valiosos. Después de septiembre, le privaron de sus diarias visitas. Su último consuelo fue verle pasar por las tardes bajo su balcón. Se saludaban en silencio y Juan seguía lentamente su camino hasta desaparecer en la esquina. ¡Cuánta ansiedad en los ojos del amigo al enviarle su diario saludo silencioso! Pero, bruscamente, Juan dejó de pasar por su calle. ¿Qué habría sucedido? No lo supo nunca.

"Juan, mi fiel Juan." Y se acercó a la cómoda queriendo rechazar el recuerdo. Abrió la primera gaveta. Vio la bandera, doblada cuidadosamente, descansando sobre una masa informe de ropa estrujada y revuelta. *Porque no ha de abandonar el Señor a su pueblo, ni dejar desamparada su heredad.* Tomó la bandera y la acercó suavemente a su mejilla. *Y cayeron las lluvias, y los ríos salieron de madre, y soplaron los vientos y dieron con ímpetu sobre la casa, mas no fue destruida porque estaba fundada sobre piedra.* Sintió una dulce sensación de paz y bienestar. Se acercó a la cama, desdobló el paño tricolor y lo tendió sobre el espaldar de hierro. Luego fue a sentarse en la silla de enea. Y se inmovilizó en una muda e intensa contemplación.

En la pared, detrás de la bandera, sobre la cal manchada de humedad, se destacaba el escudo de la Isla angustiada. Leones rugientes guardando castillos seculares. Reciedumbre del yugo sobre la fuerza mortal de las flechas vengadoras. Cruz de Jerusalén, triunfante de fanáticas cruzadas. Y el cordero blanco, inmaculado, reclinando su mansedumbre sobre el libro de Dios. *Y un río de agua de vida, claro como el cristal, manaba del solio del Cordero.* El estandarte de la paz cristiana flotaba sobre la esperanza verde del escudo. Y la divisa latina proclamaba la catolicidad de su bautismo: *Juan es su nombre.*

"Juan, Juan, ¿dónde estás?", preguntóse. Y la visión de la mirada angustiosa de su amigo le hizo cerrar los ojos. Pero volvió a abrirlos para mirar la bandera. El río de vida que prodigaba el cordero se derramaba sobre el paño tendido en el espaldar de hierro. Y se hacía sangre de martirio sobre el abismo azul, junto a la blancura de la lana pascual.

Porque él no había venido a traer la paz.

—Moriremos por usted, maestro.

¡No, por él no! Por la raíz honda de la raza que manos impías querían profanar. Por la tierra dada en heredad para nutrir la raíz sagrada. Por la lengua que legaron los abuelos, por la Cruz de la Redención, por la libertad de la Isla. Por él no. Pero vio correr la sangre de los suyos. Y la sangre de los otros. Y la sangre y la violencia habían sido estelas de dolor en su trágico apostolado.

—*¡Asesino!*

Creían algunos que era fácil. ¿Fácil? *¡Oh, qué angosta es la puerta y cuán estrecha la senda que conduce a la vida escogida!* Y vio la estrella blanca de la bandera sobre el triángulo azul de una trinidad inmutable: amor, vida, muerte. ¿Podría ser de otro modo? Ríos de sangre cruzó el pueblo de Dios para alcanzar su libertad. Y la espada de los libertadores se tiñó de sangre hermana. Y su verbo tuvo también sabor de sangre.

Él sentía sangrar su corazón. Veía el desfile interminable de rostros jóvenes, de mejillas pálidas y de ojos alucinados. *Antorcha de tu cuerpo son tus ojos.*

Los ojos de ella tenían dolor de siglos. "¡Tantos años, oh Dios, tantos años!" Y recordaba ahora su rostro tal como lo vio momentos antes de la partida.

—Deberás reunirte con nuestro hijo en el exilio. Sólo yo permaneceré en la Isla.

Y ella obedeció la orden sin interrogaciones, sin llanto, sin palabras. Veía el pelo lacio enmarcando la frente y las mejillas pálidas. Los ojos tristes, con una tristeza que ni los momentos de triunfo eran capaces de borrar. La boca de trazo perfecto, con sus labios apretados, labios acostumbrados al secreto hermético de una vida llena de peligros. Era imposible imaginar aquella boca sonriendo. Y sin embargo, él sabía que había sonreído. Él sabía que hubo una época en que esos labios se habían abierto para dejar escapar la risa de una mujer feliz y enamorada. Lo *sabía,* pero no lo recordaba. No podía revivir ni una sola de sus sonrisas. Sus oídos estaban sordos al sonido de una risa que su memoria se obstinaba en olvidar.

Bruscamente, se puso de pie. La puerta del balcón ponía un marco de sombra a la luz cegadora de la calle. La penumbra de la habitación protegía al tiempo que había allí detenido su marcha.

—¡Luz!, —se pidió a sí mismo. Más luz para contrarrestar la luz que amenazaba cegarle. Y pensó en el proceso que era ya inminente. Sólo esperaban acumular todas las pruebas para el arresto oficial. Y luego la cárcel. Otra vez la cárcel. La cárcel siempre. A lo lejos sonaba el bronco ronquido de un barco de turistas entrando a la bahía. Y detrás del velador de caoba se oía el roer de un ratón haciendo fiesta en las tablas viejas del piso. Empezó a pasearse nerviosamente de la zona de luz a la zona de sombras.

¿Eso era todo? Miró al Cristo tallado en madera de los bosques isleños. *Sembrarás y no segarás; prensarás la aceituna y no te ungirás con el óleo.* "¿Qué hora será?", preguntóse de pronto. Y sonrió a pesar suyo. "¿Qué me importa la hora? ¿Qué me importa el tiempo?" El sol continuaba su avance lento, pero inexorable, desde la puerta al centro de la habitación. Y con él avanzaba el reflejo intermitente de la torre de acero. "¿Serán sólo reflejos? ¿Serán rayos lumínicos? ¿Rayos mortales, quizás?" Pero no. *Ellos* eran demasiado civilizados para creer en la pena de muerte.

¿Era ése el fin de su misión? Miró al cordero en el escudo. Y la estrella blanca en la bandera. *Yo no he venido a traer la paz.* La cárcel sería la paz. ¿Por qué el absurdo de un final semejante? ¿Por qué su misión se perdía en el tiempo y el espacio? Se detuvo bruscamente. Las interrogaciones martillaron con mayor insistencia en su cerebro. ¿Por qué se había detenido en su paseo? ¿Qué significaba esa angustia terrible que le iba subiendo a la garganta? ¿Y ese espanto desconocido que le clavaba en el suelo?

El sol, ganando terreno a las sombras, descubrió en ese instante, junto a la cómoda, una espada antigua. Su hoja de Toledo había brillado ensangrentada, proclamando el triunfo de una época heroica y lejana. Hoy descansaba sus siglos de historia bajo una capa de herrumbre: inmóvil, anacrónica, inútil.

—*Me gusta lo que hay en ti de otras edades,* —había dicho ella.

Permaneció quieto, petrificado en la zona de luz. El sol dio de lleno en su cabeza.

—*Maestro, tiene usted rostro de Cristo.*

La angustia atenazaba implacable su garganta. Sus manos trataron febrilmente de aflojar el lazo anticuado de la corbata negra que parecía estrangularle. La bocina de un auto de lujo ensordeció la calleja estrecha. Supo entonces que algo terrible, inevitable, iba a herir su mente. *Mi reino no es de este mundo.* Y fue como un doloroso deslumbramiento que le abrasó el corazón. Casi gritó las palabras:

—¡YO NO PERTENEZCO A ESTA EDAD EN QUE VIVO!

La tensión de su cuerpo preparándose para el espanto de la revelación había sido tan terrible que por un momento creyó sentir todos sus miembros desgajarse brutalmente. Jadeante, sudoroso, dolorido, se asombró de percibir, sin resistencia ya de su parte, la aceptación total del hecho revelado. ¡Vivía una época que no era la suya! Y un miedo metafísico le iba enfriando el corazón. "Dios, Dios mío, dame la muerte." Pero la muerte, que él había lanzado contra los otros, no venía a él.

Había sacudido brutalmente con la violencia y el odio a un mundo calladamente triste, resignadamente dócil. Había querido revivir un mundo de sueños sublimes e ideales heroicos en un mundo donde apenas cabía el ideal miserable de sobrevivir a cada día. Había dejado una huella, un testimonio. Pero no podía ir más allá. *Sembrarás y no segarás; pisarás la uva y no beberás el vino.* El pasado vivía en él. Y vio claramente que su misión no era de este mundo innoble y burdo, tan hostil al pasado. ¿Para qué la vida? Y sin embargo, la muerte no acudía a su llamada. Ni siquiera el proceso inminente traería la muerte. "Son demasiado civilizados para creer en la última pena", volvió a decirse con angustiada amargura. El sol envolvía ahora todo su cuerpo. Y la luz era más dolorosa que las sombras.

Tomó una decisión brusca. Cogió el bastón con empuñadura de plata y salió de la habitación. Cruzó la sala inhospitalaria y vacía de muebles. En el vestíbulo, se puso el viejo sombrero de fieltro negro.

Mientras bajaba la empinada escalera, su espíritu fue sosegándose y fueron aquietándose sus pensamientos. *Bienaventurados los que padecen persecución de la justicia, porque de ellos es el Reino de los Cielos.* Al llegar al zaguán, ya su mirada era serena y su sonrisa tranquila. Puso el pie en la acera y vio el gesto de estupor de los cuatro hombres. Su sonrisa se hizo más amplia.

—¿Cansados de la guardia, muchachos?— Y sin esperar respuesta, echó a andar calle abajo.

Ahora gritarían: "¡Alto!". Él fingiría no oír la orden. "Ojalá que su puntería sea buena." Por suerte la calle estaba desierta. No habría víctimas inocentes. Por vez primera en su vida era su propia sangre la que contaba. Pensó en el vecino. ¿Qué diría de lo ocurrido? Y vino a su mente el recuerdo del hijo en exilio. "Se sentirá orgulloso", pensó sonriendo.

—*Yo moriré antes que tú,* —había dicho ella.

Pero viviría después de él, con sus ojos eternamente tristes y sus labios herméticos. Y pensó en Juan. "Juan, mi fiel amigo, estaremos juntos. Otra vez juntos." Sobre la calle se proyectaban los balcones de hierro forjado como viejos encajes de mantillas negras. El sol hería los adoquines entre las masas sombrías de las casas centenarias. "Construían para la eternidad." Y oyó las campanas de Catedral dando la hora. "¿Por qué tarda tanto la muerte?"

De pronto, sintió unos pasos firmes a sus espaldas. "Ya llega. Ya llega." Se detuvo conteniendo la respiración. Fijó la vista en la cruz negra de un poste telefónico, y repitió mentalmente las palabras del Hijo: *En tu manos encomiendo mi espíritu.* Por un momento el mundo pareció haber detenido su marcha. Luego, una voz rompió la solemnidad postrera:

—¡Maestro! —El nombre sonó extraño, casi absurdo en aquel instante. Se volvió lentamente.

Ante él se erguía el joven teniente de aire grave. No pudo reprimir un gesto de asombro. ¿Fue él quien le llamó "maestro"? Miró las manos vacías colgando a ambos lados del uniforme. ¿Y la muerte? La pistola asomaba su culata negra, descansando pacífica en la baqueta de cuero. ¿Y la muerte? En el fondo, bajo el balcón, las tres figuras permanecían en sus puestos con los rifles automáticos al hombro. Sintió un extraño desasosiego. Buscó ansioso los ojos del teniente, y se estremeció al ver en ellos una angustiada súplica. Comprendió al fin la terrible verdad. Era inútil buscar la muerte. La muerte no vendría. Experimentó un sentimiento de rebeldía súbita, incontenible. Su mano crispóse sobre el bastón y sintió deseos de golpear, de violentar aquella pasividad, de provocar el desastre, de hacerlo inevitable. Pero sus ojos tropezaron otra vez con la mirada suplicante del otro. "No me matará. Me dominará por la fuerza bruta. Pero no me matará." Y supo entonces cómo pesan los años. Un cansancio de siglos le encorvó la espalda. Sintió el sabor amargo de la vejez como nunca antes lo sintiera. Viejo y cansado, empequeñecióse súbitamente junto a la figura atlética del teniente.

—¿Desea usted algo?

—*Deseo la muerte,* —pensó. Pero no lo dijo.

—No es necesario que usted salga de la casa. Si desea algo, yo mismo se lo traeré.

¿Qué decía aquel hombre joven y lleno de vida? No importaba lo que dijera. Él comprendía ahora por qué le había llamado "maestro". Comprendía su solicitud y su conflicto. Le habían encomendado la custodia de un anciano. Y sentía el rubor de su fuerza ante la impotencia de la vejez deshecha. La caridad y la misericordia anidaban en el corazón del teniente atlético. "Me da la limosna de llamarme 'maestro' ", pensó mientras sus ojos, enturbiados por las lágrimas, miraban con dolorosa gratitud los ojos angustiados de su involuntario antagonista. ¿Y el joven vecino en su saludo matinal? ¿Y Juan en sus diarias visitas? ¿Habrían ellos también sentido lástima del anciano en desgracia? "Oh, no, Dios, aparta de mí este último cáliz."

Echó a andar con dificultad. El bastón con empuñadura de plata, símbolo de su arrogancia hidalga, fue ahora báculo necesario para sus pasos vacilantes. El otro se acercó. ¿Iría a ofrecerle el apoyo de su brazo? "Tiene la delicadeza de no hacerlo", pensó con alivio. Y prosiguió su marcha de regreso.

Al llegar a la puerta del zaguán, vio los cañones de los rifles automáticos sobre las espaldas de los guardianes. "Tampoco de ahí vendrá la muerte." E inició penosamente el ascenso de la empinada escalera.

La luz se quedaba atrás con los guardianes del día. Y las sombras, peldaño a peldaño, iban invadiendo su alma. Al llegar a arriba, colgó el viejo sombrero de fieltro en la percha del vestíbulo. Cruzó la casa vacía e inhospitalaria. El golpear del bastón sobre las maderas del piso, se repetía en eco bajo las vigas de ausubo y los ladrillos del techo. Entró en su habitación. Sobre el velador de caoba, junto al quinqué, estaba el almuerzo. Lo habían traído durante su corta ausencia. "Son incapaces de darme la muerte. Pero me dan el pan amargo de cada día." Pan para el vientre. Pero tanto el vientre como el pan serían destruidos por Dios. Y miró el cordero evangélico del escudo, y la estrella solitaria de la bandera.

Se acercó a la cama. Dejó caer el bastón sobre las sábanas revueltas. Tomó el paño tricolor del espaldar de hierro y empezó a doblarlo con gestos lentos, casi litúrgicos. Cuando terminó la operación, se dirigió a la cómoda. Antes de guardar la bandera doblada, la acercó a su mejilla. Y permaneció así por unos segundos. El calor de la piel se comunicaba al paño. Y tuvo la sensación de que insuflaba algo de su propia vida a la bandera de la estrella blanca y solitaria. La colocó al fin sobre la ropa ajada y cerró la gaveta.

Luego se dirigió al lavabo. Cogió la palangana de loza y se acercó a la ventanuca del fondo. La abrió y derramó el agua sucia en el patio desierto. El agua, al caer, produjo un murmullo largo, como un *amén* de beatas en rezo. Volvió a colocar la palangana en su sitio. Vertió en ella agua limpia de la jarra. Estiró meticulosamente la toalla en el toallero. Y fue a sentarse en la silla de laurel y enea.

Su mirada se escurrió, del Crucificado al bastón

negro sobre la sábana, luego al escudo verde en la pared, a las viandas enfriándose en el velador junto al quinqué de tubo ennegrecido, y siguió hasta el lavabo y la toalla, para llegar a la cómoda. Al fin se detuvo en la espada enmohecida e inútil. *¡Oh, qué angosta es la puerta y cuán estrecha la senda que conduce a la muerte!* Ya el tiempo no estaba detenido en la habitación. Seguía su curso inmutable a pesar del Cristo, de la cama de hierro, del quinqué ennegrecido, del lavabo anacrónico, de la espada española. ¡Cuán grande era el cansancio que sentía su alma! ¡Qué enorme la fatiga del cuerpo envejecido! ¡Y qué difícil morir! ¡Qué difícil!

¡Si tan sólo supiera la verdad del mañana! Otro proceso más. Y la cárcel luego. ¿Eso era todo? La espada silenciosa e inútil proyectaba una sombra larga y fina junto a la cómoda. *No andarás acongojado por el día de mañana, que el día de mañana traerá de por sí hartos cuidados.*

—Es cierto, —musitó en medio de su terrible cansancio— bástele a cada día su propio afán. —Y se quedó quieto, con la cabeza inclinada hacia adelante, los ojos fijos en la espada de otros siglos, esperando que pasara la muerte.

EN LA POPA HAY UN CUERPO RECLINADO *

Son of man,
You can not say or guess, for you know only
A heap of broken images, where the sun beats.

T. S. ELIOT *(The waste land)*

A PESAR DEL sol inmisericorde, los ojos se mantenían muy abiertos. Las pupilas, ahora, con esta luz filosa, adquirían una transparencia de miel. La nariz, proyectada al cielo, y el cuello en tensión, parecían modelados en cera: ese blanco cremoso de la cera, esa luminosidad mate del panal convertido en cirio. Lástima que el collar de seda roja ciñera la piel tan prietamente. Lucía bien el rojo sobre el blanco cremoso de la piel. Pero daba una inquietante sensación de incomodidad, de zozobra casi.

El cuerpo desnudo estaba reclinado suave, casi graciosamente, en la popa del bote. Desnudo no. Los senos, un poco caídos por la posición del torso, logra-

* Primer Premio en el Certamen de Cuentos del Ateneo Puertorriqueño, 1956. Incluido en el volumen *En una ciudad llamada San Juan.*

ban a medias ocultarse tras la pieza superior de la trusa azul.

Remaba lenta, rítmicamente. No le acuciaba prisa alguna. No sentía fatiga. El tiempo estaba allí inmovilizado, tercamente inmóvil, obstinándose en ignorar su destino de eternidad. Pero el bote avanzaba. Avanzaba ingrávido, como si no existiese el peso del cuerpo semidesnudo reclinado suave, casi graciosamente, sobre la popa...

El bote pesa menos que el sentido de mi vida junto a ti. Y los remos trasmitían la levedad del peso a sus manos. Sus músculos, en la flexión rítmica, apenas si formaban relieve en los bíceps; meras cañas de bambú, apenas nudosos, sin la forma envidiada de otros brazos, a pesar de las vitaminas que en el anuncio del diario garantizaban la posesión de un cuerpo de Atlas, de atleta al menos.

Observó su propio pecho hundido. *Debo hacer ejercicio. Es una vergüenza.* La franja estrecha de vellos negros separando apenas las tetillas. *Dejaré de fumar el mes próximo. Me estoy matando.* No sentía el sol encendido en su espalda. Quizás por la brisa. Era una brisa acariciante, suave, fresca, como si en vez de salitre trajera humedad de hoja de plátano o rocío de helechos. Resultaba extraño. Ninguna de sus sensaciones correspondía a la realidad inmediata. Pero el bote avanzaba. Y su propio vientre escuálido formaba arrugas más arriba del pantaloncito de lana. Y abajo, entre sus piernas, el bulto exagerado a pesar de lo tenso del elástico.

Porque hay un absurdo cruel en el sentido equilibrio de ese alguien responsable de todo; que no es equilibrio, que no tiene en verdad sentido, que no es igual a mantener el bote a flote con dos cuerpos, ni hacer que el mundo gire sobre un eje imaginario, porque estar aquí no lo he pedido yo, del mismo modo que nunca pedí nada. Pero exigen, piden, demandan, de mí, de mí sólo. Eres tan niño. Y tienes ya cosas de hombre. *Y no supe si lo decía porque escribía a escondidas o por lo otro. Pero no debió decirlo. Porque una madre haría bien en estrujar cuidadosamente las palabras en su corazón antes de darles calor en sus labios. Y nunca se sabe. Aunque por saberlo acepté ir con Luis a la casa de balcón en ruinas donde vivía la vieja Leoncia con las nueve muchachas. Y comprobaron todas que sí, que yo tenía cosas de hombre, y gozaron mucho, sobre todo la bajita de muslos duros y mirada blanda como de níspero. Pero fíjate que eso no es ser hombre. Porque ser hombre es tener uno sentido propio. Y ella lo tenía por mí:* No te cases joven, hijito. *Y el sentido no estaba en el amor. Porque el amor estaba siempre en una muchacha negra, o mulata, o pobre o generosa en demasía con su propia cuerpo. Y no era ése el sentido que ella tenía para mí, sino una blanca y bien nacida. Y tampoco era en escribir:* Deja esas tonterías, hijito, *sino en una profesión, la que fuese, que no podía ser otra sino la de maestro, porque no siempre hay medios de estudiar lo que más se anhela. Y murió al llevarle yo el diploma, no sé si de gusto, aunque el doctor aseguró que era sólo de angina. Pero de todos modos murió. Y yo creí que al fin mi vida tendría un sentido. Pero no se puede llenar una vida vacía de sentido como se ahita una almohada con guano, o con plumas de ganso, o con plumas más suaves de cisne. Porque ya yo era maestro. Y no pasaría necesidades, teniendo una carrera, como había asegurado ella, ni escribiría jamás. Y te conocía a ti que prometías dar amor a mi vida, suavidad a mi vida, como pluma de cis-*

ne. Y me casé contigo que entonces tenías los pechitos erguidos y eras de buena cuna, y creí que sería hombre de provecho porque no fui más a la casa vieja de balcón en ruinas (a Leoncia sólo la vi luego cargando el Sepulcro, los Viernes Santos, en la procesión de las cuatro), y me dediqué a trabajar como lo hacen los mansos y a quererte como el que tiene hambre vieja de amor, que eso tenía yo, porque no hay ser que viva con menos amor que el hijo de una madre que dirige con sus manos duras el destino, y es esclava de su hijo. Y esa hambre de amor que yo tenía desde chiquito y que no saciaban las muchachas de la casa vieja (eran nueve las muchachas) estaba en mí para que tú la saciaras, y por eso no escribí ya más, y todo ello para que estés ahora ahí, quieta, en la popa del bote, como si no oyeras ni sintieras nada, como si no supieras que estoy aquí, gobernando la nave, yo, por vez primera, hacia el rumbo que escoja, sin consultar a nadie, ni siquiera a ti, ni a mi madre porque está muerta, ni a la prin-

> *cipal de esa escuela donde dicen que soy maestro* (“mister”, “mister”, usted es lindo y me gusta y el mundo se está cayendo), *ni a la senadora que demanda que yo vote por ella, ni a la alcaldesa que pide que yo mantenga su ciudad limpia, ni a la farmacéutica que exige que yo, precisamente yo, le pague la cuenta atrasada, sonriendo, como sonríen los seres que tienen siempre la vida o la muerte en sus manos, ni a la doctora que atendió al nene, ni a todas las que exigen, y obligan, y piden, y sonríen, y dejan a uno vacío, sin saber que ya otra había vaciado de sentido, desde el principio, al hombre que no pidió estar aquí, ni exigió nunca nada; a nadie, ¿entiendes?, a nadie.*

¿Por qué se afinaba tanto la costa? La copa de los cocoteros se fundía ya con las tunas y las uvas playeras. Era una pincelada verde, alargada, como una ceja que alguien depilara sobre el párpado semicerrado de la arena. *El mar parece azul desde la costa,* pero es verde aquí, sólo verde. ¿No había una realidad que fuese inmutable sin importar la distancia?

Cada remo hacía *chas* al hundirse en el agua y luego un *glú-glú* rápido. Y a pesar de ser dos los remos, el sonido era simultáneo, como si fuese uno. El cuerpo en la popa seguía ejerciendo una fascinación indescriptible. No era que los senos parecieran un poco caídos. Eso sin duda se debía a la posición de ella frente a él. Pero el vientre no era tan terso como la noche de bodas.

—No, así no quiero. Los hijos deforman el cuerpo.

Precisamente allí, donde la pieza inferior de la trusa azul bordeaba la carne tan apretadamente, se había deformado el vientre.

—Ay, mi pobre cuerpo. Por tu culpa.

Y había crecido ahí, precisamente ahí, en el lugar que había sido terso y que él besara con la pasión de una luna perdida en la búsqueda inútil de su noche. Hasta que no pudo crecer más y rompió la fuente de sangre y gritos.

—Es un niño.

¡Qué débil y frágil es! Como son siempre los niños. Aunque la fragilidad de la embarcación no le impedía llevar el peso de los dos cuerpos rasgando el verde desasogado del mar. El sol de nadie tenía piedad. Y él remaba sin prisa, el infinito a su espalda. *¡Es tan frágil la infancia!* Tan frágil un cuerpo reclinado suave, casi graciosamente, sobre la popa del bote.

Ahora no sentía el cansancio de las noches y las mañanas.

—El nene está llorando.

—Levántate tú. Yo estoy cansada.

Remaba rítmicamente, sin esfuerzo casi, sin fatiga, la brisa salpicando de espuma el interior del bote.

—Por mí, querido, un televisor.

—No sé si pueda. Este mes...

—La vida no tiene sentido sin televisor.

La vida no tenía sentido, pero el sol evaporaba rápidamente las gotas tenues de mar sobre la piel de ella.

—Mañana vence el plazo de la lavadora eléctrica.

Cada remo hacía *chas* al hundirse en el agua y luego un *glu-glú* rápido, huidizo. Pero lento, angustioso, enloquecedor, saliendo de la incisión en la garganta del nene por el tubo de goma con olor a desinfectante.

—Si se obstruye el tubo, muere el niño. *(El niño mío, quería decir ella, el niño que era mi hijo.)*

Café negro y bencedrina. *Aléjate, sueño, aléjate.* Limpiar el tubo, mantener el tubo sin obstrucciones. *Glu-glú,* al unísono, los remos saliendo del agua. *Glu-glú,* el reloj de esfera negra, sobre la mesa de noche.

—Papi, mami está llorando porque se le quemó el arroz. *(Ay, se le quemó el arroz. Otra vez se le quemó el arroz.)*

Glu-glú, y la espuma del tubo, que era preciso limpiar. *Cuidadosamente. Cuidadosamente,* con el pedazo de gasa desinfectada.

—Papi, cuando yo sea grande, ¿me casaré también?

Café negro y bencedrina. ¿Por qué los remos empezaban de súbito a sentirse pesados y recios bajo sus manos? *Café negro...*

—No puedo más. Quédate tú ahora con el nene.

—Yo no. Los nervios me matan. Soy sólo una débil mujer.

Glu-glú. Glu-glú. Minuto a minuto. *Glu-glú,* en el reloj de la mesa. *Glu-glú,* en la punta de los remos. *Glu-glú,* en los párpados pesados de sueño. *Glu-glú. Glu-glú. Glu...*

—Otra vez tarde. Y ayer faltó usted a clase.

—Ayer enterré a mi hijito.

Ya la tierra no se veía. Ya el horizonte era idéntico a su izquierda o a su derecha, frente a sí, o a sus espaldas. Ya era sólo un bote en el desasosiego del mar. Y ahora que era sólo eso, ahora que no importaban los límites ni los horizontes, los remos empezaban a perder su ritmo lento para moverse a golpes secos, febriles, irregulares.

—Este vecindario se ha vuelto un infierno.

—Era bueno cuando nos mudamos.

—Hay algo que se llama el tiempo, querido. Y que pasa. Pero nosotros...

Nosotros somos una pareja de tantas, porque el marido es maestro y la mujer una bien nacida, y peor hubiese sido si soy escritor, aunque no estoy seguro. La principal es mujer, y la alcaldesa es mujer, y la senadora es mujer, y mi madre fue mujer, y yo soy sólo maestro, y en la cama un hombre, y mi mujer lo sabe, pero no es feliz porque la felicidad la traen las cosas buenas que se hacen en las fábricas, como se la trajeron a la supervisora de in-

glés, y a otras tan hábiles como ella para atraer la felicidad. Pero mi mujer no. Pero Anita, de la Calle Luna, es feliz cuando me goza, o aparenta que me goza, a pesar de que es mayor que aquellas muchachas de la vieja casa de balcón en ruinas (eran nueve las muchachas y la menor tenía los muslos duros y la mirada de níspero), pero no pide absurdos, sólo lo que le doy, que es bastante en un sentido, mas no exige un traje nuevo para la fiesta de los Rotarios el mismo día en que me ejecutan la hipoteca, y los cuarenta dólares que me descuentan del sueldo por el último préstamo y quince más para el Fondo del Retiro, porque la ley que hizo la senadora es buena y obliga a que yo piense en la vejez (la de mi mujer quiere decir la ley, porque no hay ley que proteja al hombre), aunque antes de llegar a esa vejez que la ley señala no se tenga para el plazo atrasado del televisor (nadie puede vivir sin televisor, ay, nadie puede), *y ella insiste en que lo eche afuera para conservar el cuerpo bonito y lucir el traje nuevo (no ése, sino el último, el de la falda bordada en "rhinestones"), si tan siquiera fuese para gozarlo (su cuerpo, digo), pero apenas me deja, con esa angustia de lo incompleto, y todo por no usar la esponja chica, como dijo la trabajadora social de Bienestar Público que es en verdad* Malestar Privado *o cuando no con aquello de* no, me duele, *que Anita me dice porque se conforma con los tragos en la barra y los cinco dólares, más dos del cuarto que usamos esa noche, y no se queja, ni le duele, porque no es bien nacida y tampoco estoy seguro de que sea blanca.*

—¿Es que no tienes vergüenza ni orgullo, querido? La gente decente vive hoy en las nuevas urbanizaciones. Pero nosotros. . .

Las puntas del pañuelo rojo que ceñía el cuello tan justamente flotaban al aire gritando alegres *trap-traps.* Él estaba seguro de haber apretado el lazo con firmeza al notarlo demasiado flojo (por eso ahora parecía un collar de seda), pero lo había hecho con gestos suaves para no incomodarla, para què no se alterara en lo más mínimo la posición graciosa del cuerpo sobre la popa. Por lo demás, el bote avanzaba.

—Si yo fuese hombre ganaría más dinero que tú. Pero soy sólo una débil mujer. . .

Una débil mujer destinada a ser esclava del marido porque yo soy el marido y ella la esclava. Mi madre era también una débil mujer. Y si mi hijo no hubiese muerto también habría sido el amo de dos esclavas y es mejor que muriera. Un maestro no muere, pero precisa tenerlo todo eléctrico, porque no hay servicio y cómo ha de haberlo si las muchachas del campo se van a las fábricas o a los bares de la Calle Luna (a casa de Leoncia no porque murió un Viernes Santo, mientras cargaba el Sepulcro en la procesión de las cuatro), y se niegan a servir, lo cual es una agonía en el tiempo porque creen ser libres, y no lo son si luego aspiran a salir de la fábrica, y tener, y exigir, y el marido agonizar, porque la estufa eléctrica es buena, y la olla de presión también, pero el arroz se amogolla, o se quema, y las habichuelas se ahúman, y los sáñuiches de "La Nueva Aurora" no son alimento para un hombre que trabaja, y hay que gastar en vitaminas que la farmacéutica despacha con su sonrisa eterna, y a veces me dan tentaciones de pedirle veneno, pero en casa no hay ratas, aunque es cierto que tengo una especie de erupción en las ingles, y alguna cosa habrá para esa molestia (me pregunto si la farmacéutica sonreirá también *cuando le hable del escozor en mis ingles), un polvo que sea blanco y venenoso porque ahora en el verano es peor (la erupción, quiero decir), y tengo que llevarla a la playa y me dará dolor de cabeza hablándome del auto nuevo que debo comprar, y de las miserias que pasa, y de su condición de mujer débil y humillada, hasta que me estalle la cabeza y me den ganas de echarle plomo derretido en todos los huecos de su cuerpo, pero no le echaré nada porque soy maestro de criaturas inocentes* ("mister", "mister", a esa niña la preñó el conserje), *y para sentirme vivo tengo que ir a la Calle Luna, pero a Anita, claro está, ya no le haría daño, y es que en casa es donde soy el amo, hasta que reviente.*

Vio en el fondo del bote sus propios pies desnudos: los dedos largos, retorcidos, encaramándose uno encima del otro. *Me aprietan, madre. Ese número te que-*

da bien, hijito. Pero me aprietan, madre. Ya los domarás; son bonitos, como si quisieran protegerse, unos a otros, contra la crueldad del mundo. Y vio luego los pies de ella formando óvalos casi perfectos, con los dedos suaves y pequeños, las uñas de coral encendido.

—¿Para qué estás amolando ese cuchillo tan viejo?

—Para mañana. Para abrir unos cocos en la playa mañana.

—Me da dentera.

Observó el vuelo de un ave marina sobre el bote: el plumaje tan blanco, los movimientos tan gráciles, la forma toda tan bellamente encendida de sol. Y el ave se lanzó sobre el agua y volvió a remontarse con un pez en sus garras. Y eran unas garras poderosas, insospechadas en la frágil belleza del cuerpo aéreo.

—Tenemos que cambiar la cortina vieja del balcón, querido. ¡Qué vergüenza! Somos el hazmerreír del vecindario.

El vecindario ríe, y oigo su risa, y debe sus cuentas en la misma farmacia. La farmacéutica entregándole el pequeño paquete: la calavera roja sobre dos huesos en cruz. "Uso externo." *¿Veneno para las ratas?* Sonriendo, sonriendo siempre.

El cuchillo viejo estaba a sus pies, en el fondo del bote, las manchas negras oscureciendo el filo.

—¡Cuidado, que el coco mancha!

—No importa, queridita. Pruébalo. Es fresco y dulce. *(Uso externo no; interno, interno.)*

—Es demasiado picante.

—No importa, queridita. Vamos a pasear en bote.

Y no tendremos agua a mano por un buen rato. Bebe.

Remaba ahora con furia, sin sentido del rumbo. El bote, inexplicablemente, describía círculos amplios, más amplios...

—No es que yo sea mala, querido. Es que nací para otra vida. ¿Qué culpa tengo, si el dinero... ?

Los círculos, cortados limpiamente a pesar del desasosiego del agua, daban la sensación de que había en ello un propósito definido. ¿Pero lo había? El bote giraba locamente empezando a estrechar los círculos. *¿Qué busca el bote, qué busca el bote?*

—Mami dice que tú eres un infeliz. ¿Por qué tú eres un infeliz, papi?

El sudor de la frente le caía a goterones sobre los párpados, atravesando las pestañas para dar a la visión del mundo la sensación de un objetivo fuera de foco.

—¿Sabes, querido? Un hombre de verdad le da a su mujer lo que ella no tiene.

Y la nicotina en los bronquios, aglutinándose para obstruir la respiración. El pecho escuálido era un fuelle de angustia y ruidos, la franja estrecha de pelos separando apenas las tetillas. Y era desordenada, exasperante la flexión de los brazos moviendo los remos.

El bote acortaba los círculos, los hacía más reducidos, pero siempre inútiles, furiosamente inútiles, como un torbellino que aparenta tener sentido oculto, sin tenerlo, excepto el único de girar, girar con rabia atroz sobre sí mismo, devorando sus propios movimientos concéntricos.

De pronto, dejó de remar. El bote, huérfano de orientación y mando, osciló peligrosamente. El sudor seguía dando a sus pupilas la visión de un mundo fuera de foco. Pero reinaba el orden porque allí, de súbito, estaba ahora la anciana de pelo blanco, semidesnuda en la trusa azul, asqueante, su cuerpo expuesto al sol inmisericorde.

—Eres muy joven para pensar en el matrimonio. No pienses en eso *todavía,* hijito.

—No pienso en eso, madre. Lo juro. No pienso en eso, *ya.*

Jadeaba de fatiga, aunque sus brazos permanecían inmóviles, laxos, doloridos, abandonados los remos que flotaban y se deslizaban de sus manos, y se alejaban, sin remedio, en el tiempo, sobre lo verde...

—Papi, mami dice que tú no debías...

Pero debí hacerlo desde hace años. Debí hacerlo. Porque hay algo que le roe a ella las entrañas, demandando, exigiendo, de mí, que no tengo la culpa de poseer lo que ella no tiene y nunca pedí a nadie. Sólo vivir tranquilo, buscando un sentido de mi vida. O angustiado, no logrando encontrarlo jamás. Pero sin esa presión horrible de la envidia de ella, sin esa exigencia de siempre proporcionar a su vida cosas que no entiendo. Ayer se llevaron la lavadora eléctrica. *Porque piensa que ser hombre es sólo eso.* La casa nueva, querido. *Pero ser hombre es, por lo menos, saber por qué está uno en un bote sobre las aguas verdes que de lejos parecen ser azules. Y sin embargo, si ella lo pide.* Si tú lo pides...

Lo pedía, dentro de la trusa azul, reclinada en la popa, aquella criatura radiante y juvenil, de belleza sobrehumana. *Baile en los Rotarios, querido.* El sol de nadie tenía piedad. ¿Me queda bien lo rojo, querido? El cuchillo a sus pies tuvo un chispazo cegador a pesar de las manchas negruzcas en el filo. *Ni pensar en otro hijo. ¡Y con tu sueldo...!* Al inclinarse a agarrarlo sus ojos resbalaron sobre el abultado relieve entre sus piernas. *Ay, no, querido, que me haces daño.*

Daño en el alma a un hombre que no pide sino buscar el sentido de su su vida. Llamada urgente del banco. *Tampoco mi hijo lo hubiese encontrado.* Llamada urgente... *Y es mejor que muriera.* Ejecutaron ya... *Pero no puedo. Porque antes he de saber por qué estoy aquí.* Sin prórroga... *Y no me han dado tiempo.* Muy señor nuestro, lamentamos... *No me han dejado paz para la búsqueda.* Telegrama del Departamento. Telegrama... *¡Todo lo*

que quieran por tener la paz! La-
mentamos... *Y saber. Saber...*

—Cosas de hombre, hijito.

—Sí, madre, del hombre que nunca conociste.

Se puso de pie. El bote osciló bruscamente, pero él logró mantener el equilibrio. En la popa había un cuerpo. Inmóvil ya, era cierto. Pero el mundo allá, en la playa, seguía siendo un mundo de devoradoras y de esclavos. Y acá, era un viaje sin retorno. Introdujo el cuchillo entre su carne y el pantaloncito de baño. Volteó el filo hacia afuera. Rasgó la tela. Hizo lo propio en el lado izquierdo y los trozos de lana, junto a las tiras de elástico, cayeron al fondo del bote entre sus pies desnudos.

El bote estaba solo entre el cielo y el mar. Nada había cambiado. El sol era el mismo. Y la brisa seguía arrancando alegres *trap-traps* a las puntas del pañuelo de seda roja. Pero el tiempo, antes inmóvil, empezaba a poyectarse hacia la eternidad. Y ahora él estaba desnudo en el vientre del bote. Y en la popa había un cuerpo reclinado.

—Un hombre da a su mujer...

Sí, querida, ya lo dijiste antes. Con la mano izquierda agarró el conjunto de tejido esponjoso y lo separó lo más que pudo de su cuerpo. Levantó el cuchillo al sol y de un tajo tremendo, de espanto, cortó a ras de los vellos negros. El alarido, junto al despojo sangrante, fue a estrellarse contra el cuerpo inmóvil que permanecía apoyado suave, casi graciosamente, sobre la popa del bote.

PEDRO JUAN SOTO

Los años decisivos de formación intelectual para Pedro Juan Soto transcurren en Nueva York. El hecho ha de reflejarse en su obra en términos de tema, estilo y técnica. Estudiante aún, sigue a su familia en el traslado del hogar al ambiente neoyorquino. Ingresa en universidades estadounidenses tomando cursos de literatura inglesa y norteamericana. Es decir, estudia con rigor las expresiones más representativas de la literatura anglosajona contemporánea. Luego su interés le lleva al estudio de la literatura hispanoamericana en sus expresiones más nuevas.

Ya para 1949, sus primeros intentos de relato se publican en periódicos y revistas de habla hispana de la urbe. Son años de tanteos y duro aprendizaje. Tiene que luchar y superar un obstáculo capaz de aplastar a otro escritor menos tenaz y persistente: la lengua propia empobrecida y deformada por el forzoso bilingüismo a que le obliga su condición de emigrado puertorriqueño en los Estados Unidos. Este problema, siempre acentuado en el escritor puertorriqueño dada su miseria político-lingüística, se hace más agudo en Soto durante los años formativos. Sus estudios de literatura, casi exclusivamente en inglés, añaden densidad al problema.

Si en el manejo de la lengua, que conduce lógicamente al dominio del estilo, hay todavía largo camino por recorrer, Soto, desde esos años de formación, realiza como escritor dos hallazgos: encuentra su tema y comienza a definir su técnica. El tema del cual no se apartará hasta casi una década después, se lo da su propia experiencia de emigrante: el puertorriqueño en Nueva York. La técnica que descubre afín a su sensibilidad y temperamento, se le revela en las obras del novelista norteamericano Ernest Hemingway.

Llevando a sus extremos la innovación de José Luis González en nuestra literatura, Pedro Juan Soto le declara, en esos años cruciales, guerra sin cuartel al "retoricismo", entendiendo él por tal, ya no sólo lo innecesario o superfluo, sino lo adjetival o embellecedor en el lenguaje. Incluye, además, en su animosidad, toda nota poética o tierna. Prefiere los temas brutales y la forma escueta.

No sabemos nosotros —y quizás no lo sepa él jamás— si esta actitud es hija solamente de criterios estéticos razonados o si refleja algo de la propia incapacidad del autor en esos años para manejar el idioma propio con holgado dominio.

Cuatro años más tarde, en 1953, su cuento *Garabatos*, enviado desde Nueva York, obtiene Segundo Premio en Certamen del Ateneo Puertorriqueño. Con él se nos revela un cuentista ya formado. El escritor puertorriqueño ha logrado superar la limitación impuesta a él por el caos bilingüe del Nueva York hispano. Los criterios antes comentados, que en el comienzo fueron más banderín de guerra que logro literario, aparecen aquí ya cuajados en adecuada síntesis estética.

En 1954 regresa Pedro Juan Soto a la Isla y fija su residencia en San Juan. Ese año, y también en concurso del Ateneo, se le concede Primer Premio por su cuento *Los inocentes*. Este relato marca un jalón en la producción del autor, no sólo por ser, hasta la fecha, su más alto logro en el género, sino porque significa nuevos criterios artísticos. En ese sentido hay dos hechos de significado especial: primero, se deteriora la afinidad del escritor por el modo de relatar a lo Hemingway, inclinándose Soto, sorpresivamente, hacia el "retórico" Faulkner. Cierto que en *Los inocentes* no hay exuberancia faulkneriana, conservándose en el cuento la sobriedad y el laconismo tan caros al autor puertorriqueño. Pero enfoque y técnica tienen ahora resonancias del novelista norteamericano sureño.

La Dra. Concha Meléndez ve en este relato influencias de Joyce y Kafka. Nosotros no percibimos del todo la influencia kafkiana y, sin embargo, no podemos menos que observar ciertas afinidades entre este cuento puertorriqueño y la obra maestra de William Faulkner, *The Sound and the Fury* (*El sonido y la furia*). El segundo hecho significativo es que Pedro Juan Soto baja la guardia en su agresiva pendencia contra lo tierno y poético. Efectivamente, es la calidad poética uno de los indudables méritos de la pieza. Por debajo del laconismo en la expresión se cuela esta vez, además, la nota tierna.

Los inocentes llena un especial cometido en la promoción del cuarenta. Su rotundo logro estético sirve de estímulo y acicate a la producción cuentística de otros autores de su promoción. Personalmente consideramos la aparición de *Los inocentes* como un reto cordial de su joven autor a los autores maduros del grupo: González, Díaz Alfaro y Marqués.

En 1957 publica al fin Soto su primera colección de cuentos bajo el título de *Spiks*. Es un libro plenamente cuajado en el cual se intercalan, entre los mejores relatos, unas *miniaturas* cuentísticas: breves esbozos de cuento, logrados admirablemente por medio de una rigurosa síntesis de los elementos más imprescindibles. Esta modalidad, cultivada ocasionalmente en el extranjero, es aportación del autor a nuestra literatura.

Abordando el género novelístico Soto había escrito en 1950 *Los perros anónimos*. Reitera el tema del puertorriqueño en Nueva York e introduce un tema hasta entonces inédito: la participación del puertorriqueño en la guerra de Corea. Infortunadamente la novela, que a nuestro juicio tenía méritos suficientes para su publicación en ese período, pudiendo haber introducido entonces varias innovaciones en este género en Puerto Rico, permaneció inédita debido al riguroso juicio autocrítico del autor.

Su segunda novela, obtiene Mención Destacada en certamen del Ateneo de 1958. Se trata de *Usmaíl*, obra que dará pronto a conocer a sus miembros el Club del Libro de Puerto Rico. En ella el autor introduce un tema nuevo en nuestra literatura: Vieques, isla que vive la dolorosa experiencia de haberse convertido, de una zona agrícola próspera, en un yermo para maniobras de las fuerzas bélicas norteamericanas. El habitante de Vieques, despojado de su tierra, desmoralizado por la invasión perpetua de las fuerzas navales, vive como un emigrado en tierra que una vez fuera propia, desheredado, arrinconado y humillado por todos los roces y atropellos de una virtual ocupación armada. *Usmaíl* es una sangrienta denuncia contra la injusticia perpetrada en un grupo de puertorriqueños generalmente olvidado y cruelmente abandonado a su suerte, tanto por las esferas oficiales, como por la sociedad puertorriqueña. La técnica de la novela es moderna y el estilo vigoroso y dramático.

Pedro Juan Soto se inicia en el teatro con *El huésped*, drama breve que recibe el Premio para su género (obras en un acto) en certamen del Ateneo Puertorriqueño de 1955, y que se estrena al año siguiente en el Teatro Experimental de dicha institución, publicándose finalmente en la revista *Artes y Letras* tres años después. Soto toma la anécdota de uno de sus primeros cuentos, publicado en Nueva York —*Papá se ha dormido*— y la misma es característica de la temática del autor para esa fecha: el puertorriqueño en la urbe. Aunque el diálogo puede definirse como naturalista, hay magia poética en la técnica teatral, la cual se ajusta a los criterios vigentes entre los dramaturgos puertorriqueños de su promoción.

Un segundo drama del autor, esta vez en tres actos, y aún inédito, *Las máscaras*, obtiene Mención Honorífica en el Certamen de Teatro del Ateneo de 1958. El lugar de la acción se transfiere a San Juan y el conflicto se aparta de la temática que ha sido característica en Soto hasta esa fecha.

Pedro Juan Soto aborda también —en los comienzos de

su carrera— la labor periodística, en revistas y diarios neoyorquinos de lengua hispana. Desde hace algunos años hace crítica literaria en *Asomante* y, más esporádicamente, en el diario *El Mundo* de San Juan.

AUTOBIOGRAFÍA

NACÍ EN Cataño, en 1928. Cursé estudios primarios y secundarios en Cataño y Bayamón. A los dieciocho años de edad, recién graduado de escuela superior, viajé a Nueva York para ingresar en una universidad. Iba a estudiar la pre-médica, pero al segundo año comencé a leer demasiados libros que nada tenían que ver con las Ciencias y, poco después, escribí mis primeras "cosas" (no es posible darles nombre). Se las envié al editor de una revista, quien me escribió que aquello tenía "garra", "fibra" y qué sé yo qué más, pero que no podía incluirlas en los pocas páginas con que contaba para artículos de cine, reportajes políticos y entrevistas dirigidas al público hispanoneoyorquino. Pero que pasara a verle...

Cientos de artículos, reportajes y entrevistas gratis después, accedió este editor a pagarme algo por seguir yendo a la redacción después de mis clases diarias en la universidad. Ya yo había empezado a escribir cuentos, cansado de inventar citas vigorosas o bellas para mis entrevistados, y opté por permanecer en aquella redacción componiendo una crónica para corazones descorazonados mientras me "establecía" como cuentista cediendo mis escritos en ese género a periódicos y revistas de Nueva York y Puerto Rico.

No bien terminé mi bachillerato, fui llamado al Ejército. De ese colegio militar salí no con pocos agravios y un diploma: las notas para una novela sobre los puertorriqueños en Corea. Me casé con Rosiña Arriví al año de salir del Ejército; alentado por ella escribí "Los Perros Anónimos" —que yace en alguna de mis gavetas, creo—, y todo cuanto he escrito hasta ahora. Fui a la Administración de Veteranos en busca de apoyo económico para unas clases de mecanografía y todavía escribo con un solo dedo, ya que allá me convencieron de que debía continuar mis estudios universitarios hacia el grado de Maestro en Artes. Adquirido dicho título, realicé un sinnúmero de trabajos manuales —ujier de cine, peón de cafetería, archivero, cartero interino en distintas compañías de seguros— y por fin conseguí empleo en la redacción de otra revista. Luego vine a Puerto Rico a trabajar en la Unidad de Editorial de la División de Educación de la Comunidad.

De mis experiencias en Nueva York —casi diez años de ellas—, compuse el libro de cuentos "Spiks" y la obra de teatro en un acto "El Huésped". Luego me interesé en otro de nuestros territorios de ultramar —la isla de Vieques— y escribí la novela "Usmaíl". Poco más tarde, observando el diario vivir de nuestros grandes hombres, realicé otro experimento teatral, en tres actos esta vez: "Las Máscaras".

He tenido la suerte de recibir algunos premios en los certámenes literarios del Festival de Navidad, que patrocina el Ateneo Puertorriqueño, y eso me ha hecho ver claro la necesidad de no dormirse sobre las pajas.

Actualmente, trato de poner fin a una novela para comenzar otro libro de cuentos y luego otra novela y luego otra más. Y quizá —yo creo que sí— tenga energías para intentar alguna que otra obra de teatro, antes de acometer la ensayística, que deberá ser algo así como un descanso.

Tengo dos hijos: Manolo y Roberto. Espero que a ninguno de ellos le dé por escribir.

MI CREDO

Creo, sobre todas las cosas, en escribir. Escribir sin miedo a nada ni a nadie. Escribir mañana, tarde y noche, cada vez que pueda. Escribir dentro de las aceptadas normas literarias y escribir en contra de las aceptadas normas literarias. Vivo *para* eso, vivo *por* eso.

Quizá soy un escapista, quizá quiero ordenar el mundo a mi manera. Pero lo mismo se puede decir de cualquier artista, aun cuando no subraye tanto la labor de crear.

Creo que la manera más fácil de terminar con mi vida sería encerrarme en una celda de piedra bruta, sin paredes donde rayar nada. Durante un tiempo, sobreviría a base del puro pensar: pensar en las cosas que quiero decir, pensar en cómo expresar esas cosas. Y después de ese tiempo, si acaso no he podido para entonces aprender de memoria las cosas que he tratado de escribir en mi mente, se podría disponer de mi cadáver.

Creo en la libertad del individuo y, por ende, en la de los pueblos. Una libertad un poco anacrónica, si se compara con las nuevas modalidades que se estilan; una libertad sin apellidos; una libertad a secas.

¿Qué concepto tiene usted del cuento como género literario?

Supongo que, aunque veladamente, lo que exige esta pregunta es una definición de "cuento". Desgraciadamente, no he encontrado una sola que me satisfaga entre las muchas que he oído o leído. Hasta los otros días, consideré casi perfecta la que expone el cuentista chileno Nicomedes Guzmán, que dice algo así: "No es posible definir un cuento. Un cuento *se siente*". Sin embargo, esta definición no definidora me parece hoy un bello ejemplo de sacar el cuerpo ante un dilema.

Yo diría que un cuento depende, sobre todo, de una anécdota. "*Esto* le sucedió a Fulano de Tal después de equis días o semanas o años de paz o de zozobra". Eso es el esqueleto de un cuento. La caracterización se ocupará de abonarle carne. Y la poesía que lo adorne no deberá opacar o sustituir la acción, como ciertos cuentistas venezolanos actuales intentan hacer. Una cosa es un poema en prosa y otra cosa es un cuento.

"Un cuento es como un puño, una novela como una mano abierta", ha dicho un joven cuentista chileno. Ése es otro bello modo de no explicar nada.

En cuanto al cuento y la novela, Frank O'Connor, el cuentista irlandés, tiene una teoría interesante. Este escritor distingue al cuento de la novela por el elemento de *tiempo*. El tiempo, dice él, juega un papel más importante en la novela que en el cuento. Aduce, por lo tanto, que todas las novelas cuya acción se libra en el breve término de veinticuatro horas no son más que cuentos largos. Y cita como prueba al canto a "Ulysses", que en el comienzo fue cuento. Bueno...

Casi estoy inclinado a describir el cuento en términos del *ahora*. Es decir, esto que cuento es algo muy importante para este personaje. Lo que ha sucedido antes es también importante, pero todo eso alcanza una importancia suma *ahora*.

Por otro lado, creo que sería posible y muy efectivo escribir una novela con esos mismos términos; es decir, comenzando todos los capítulos con "Ahora" y no saliéndome del presente. "Ahora nace Carmelita, abre los ojos, grita..." Veinte capítulos después: "Ahora, después de sufrir tanta maldad y tormento, Carmelita cae de bruces en la calle. La recogen: ha muerto." Parecerá broma, pero, inconscientemente, he coincidido con lo que dice O'Connor de la novela: en ella el tiempo se mueve a lo largo, mientras que en el cuento el tiempo se mueve a lo ancho.

Supongo que, aunque veladamente, lo que exige esta pregunsta es una definición de "cuento". Desgraciadamente.

¿Por qué cultiva usted este género?

Cultivo el género del cuento por la misma razón que cultivo el género de novela, el de teatro, o cualquier otro que se me antoje en el futuro: para expresarme. ¿Fue Emerson quien dijo: "El hombre sólo es la mitad de sí mismo: la otra mitad es su expresión"?

LOS INOCENTES*

1

treparme frente al sol en aquella nube con las palomas sin caballos sin mujeres y no oler cuando queman los cacharros en el solar sin gente que me haga burla

Desde la ventana, vistiendo el traje hecho y vendido para contener a un hombre que no era él, veía las palomas revolotear en el alero de enfrente.

o con puertas y ventanas siempre abiertas tener alas

Comenzaba a agitar las manos y a hacer ruido como las palomas cuando oyó la voz a sus espaldas.

—Nene, nene.

La mujer acartonada estaba sentada a la mesa (debajo estaba la maleta de tapas frágiles, con una cuerda alrededor por única llave), y le observaba con sus ojos vivos, derrumbada en la silla como una gata hambrienta y abandonada.

* Primer Premio en Certamen de Cuentos del Ateneo, 1957. Tomado del libro *Spiks*, 1956.

—Pan —dijo él.

Dándole un leve empujón a la mesa, la mujer retiró la silla y fue a la alacena. Sacó el trozo de pan que estaba al descubierto sobre las cajas de arroz y se lo llevó al hombre, que seguía manoteando y haciendo ruido.

ser paloma

—No hagah ruido, Pipe.

Él desmoronó el trozo de pan sobre el alféizar, sin hacer caso.

—No hagah ruido, nene.

Los hombres que jugaban dominó bajo el toldo de la bodega ya miraban hacia arriba.

Él dejó de sacudir la lengua.

sin gente que me haga burla

—A pasiar a la plaza —dijo.

—Sí, Holtensia viene ya pa sacalte a pasiar.

—A la plaza.

—No, a la plaza no. Se la llevaron. Voló.

Él hizo pucheros. Atendió de nuevo al revoloteo de las palomas.

no hay plaza

—No, no fueron lah palomah —dijo ella—. Fue el malo, el diablo.

—Ah.

—Hay que pedirle a Papadioh que traiga la plaza.

—Papadioh —dijo él mirando hacia afuera— trai la plaza y el río...

—No, no. Sin abrir la boca —dijo ella—. Arrodíllate y háblale a Papadioh sin abrir la boca.

Él se arrodilló frente al alféizar y enlazó las manos y miró por encima de las azoteas.

yo quiero ser paloma

Ella miró hacia abajo: al ocio de los hombres en la mañana del sábado y al ajetreo de las mujeres en la ida o la vuelta del mercado.

2

Lenta, pesarosa, pero erguida, como si balanceara un bulto en la cabeza, echó a andar hacia la habitación donde la otra, delante del espejo, se quitaba los ganchos del pelo y los amontonaba sobre el tocador.

—No te lo lleveh hoy, Holtensia.

La otra la miró de reojo.

—No empieceh otra veh, mamá. No le va pasal na. Lo cuidan bien y no noh cuehta.

Saliendo de los ganchos, el cabello se hacía una mota negra sobre las orejas.

—Pero si yo lo sé cuidal. Eh mi hijo. ¿Quién mejol que yo?

Hortensia estudió en el espejo la figura magra y menuda.

—Tú ehtáh vieja, mamá.

Una mano descarnada se alzó en el espejo.

—Todavía no ehtoy muerta. Todavía puedo velar por él.

—No eh eso.

Los bucles seguían apelmazados a pesar de que ella trataba de aflojárselos con el peine.

—Pipe'h inocente —dijo la madre, haciendo de las palabras agua para un mar de lástima—. Eh un nene.

Hortensia echó el peine a un lado. Sacó un lápiz del bolso que mantenía abierto sobre el tocador y comenzó a ennegrecer las cejas escasas.

—Eso no se cura —dijo al espejo—. Tú lo sabeh. Por eso lo mejor. . .

—En Puerto Rico no hubiera pasao ehto.

—En Puerto Rico era dihtinto —dijo Hortensia, hablando por encima del hombro—. Lo conocía la gente. Podía salir porque lo conocía la gente. Pero en Niu Yol la gente no se ocupa y uno no conoce al vecino. La vida eh dura. Yo me paso los añoh cose que cose y todavía sin casalme.

Buscando el lápiz labial, vio en el espejo cómo se descomponía el rostro de la madre.

—Pero no eh por eso tampoco. Él ehtá mejol atendío allá.

—Eso diceh tú —dijo la madre.

Hortensia tiró los lápices y el peine dentro del bolso y lo cerró. Se dio vuelta: blusa porosa, labios grasientos, cejas tiznadas, bucles apelmazados.

—Dehpuéh di un año aquí, merecemoh algo mejor.

—Él no tiene la culpa de lo que noh pase a nosotrah.

—Pero si se queda aquí, la va tenel. Fíjate.

Se abalanzó sobre la madre para cogerle un brazo y alzarle la manga que no pasaba del codo. Sobre los ligamentos caídos había una mancha morada.

—Ti ha levantao ya la mano y yo en la factoría no estoy tranquila pensando qué'htará pasando contigo y con él. Y si ya pasao ehto. . .

—Fue sin querel —dijo la madre, bajando la manga y mirando al piso al mismo tiempo que torcía el brazo para que Hortensia la soltara.

—¿Sin querel y te tenía una mano en el cuello? Si no agarro la botella, sabe Dioh. Aquí no hay un hombre, que li haga frente y yo m'ehtoy acabando, mamá y tú le tieneh miedo.

—Eh un nene —dijo la madre con su voz mansa, ahuyentando el cuerpo como un caracol.

Hortensia entornaba los ojos.

—No vengah con eso. Yo soy joven y tengo la vida por delante y él no. Tú también ehtáh cansá y si él se fuera podríah vivil mejor los añoh que te quedan y tú lo sabeh pero no ti atreveh a decirlo porque creeh que'h malo pero yo lo digo por ti *tú ehtáh cansá* y por eso filmahte loh papeleh porque sabeh que'n ese sitio lo atienden máh bien y tú entonceh podráh sentalte a ver la gente pasar por la calle y cuando te dé la gana puedeh pararte y salir a pasiar como elloh pero prefiereh creer que'h un crimen y que *yo* soy la criminal pa tú quedar como madre sufrida y *hah sido una madre sufrida* eso no se te puede quital pero tieneh que pensar en ti y en mí. Que si el caballo lo tumbó a loh diez añoh. . .

La madre salía a pasos rápidos, como empujada, como si la habitación misma la soplara fuera, mientras Hortensia decía:

—. . . y los otroh veinte los ha vivía así tumbao. . .

Y se volvía para verla salir, sin ir tras ella, tirándose sobre el tocador donde ahora sentía que sus puños martillaban un compás para su casi grito.

—. . . nosotroh loh hemoh vivío con él.

Y veía en el espejo el histérico dibujo de carnaval que era su rostro.

y no hay gallos y no hay perros y no hay campanas y no hay viento del río y no hay timbre de cine y el sol entra aquí y no me gusta

—Ya —dijo la madre inclinándose para barrer con las manos las migajas del alféizar. La muchachería azotaba y perseguía una pelota de goma en la calle.

y la frialdad duerme se sienta camina con uno aquí dentro y no me gusta

—Ya, nene, ya. Di amén.

—Amén.

Lo ayudó a incorporarse y le puso el sombrero en la mano, viendo que ya Hortensia, seria y con los ojos irritados, venía hacia ellos.

—Vamoh, Pipe. Dali un beso a mamá.

Puso el bolso en la mesa y se dobló para recoger la maleta. La madre se abalanzó al cuello de él —las manos como tenazas— y besó el rostro de avellana chamuscada y pasó los dedos sobre la piel que había afeitado esta mañana.

—Vamoh —dijo Hortensia cargando bolso y maleta.

Él se deshizo de los brazos de la madre y caminó

hacia la puerta meciendo la mano que llevaba el sombrero.

—Nene, ponte'l sombrero —dijo la madre, y parpadeó para que él no viera las lágrimas.

Dándose vuelta, él alzó y dejó encima del cabello envaselinado aquello que por lo chico parecía un juguete, aquello que quería compensar el desperdicio de tela en el traje.

—No, que lo deje aquí —dijo Hortensia.

Pipe hizo pucheros. La madre tenía los ojos fijos en Hortensia y la mandíbula le temblaba.

—Ehtá bien —dijo Hortensia—, llévalo en la mano.

Él volvió a caminar hacia la puerta y la madre lo siguió, encogiéndose un poco ahora y conteniendo los brazos que querían estirarse hacia él

Hortensia la detuvo.

—Mamá, lo van a cuidal.

—Que no lo mal. . .

—No. Hay médicoh. Y tú. . . cada do semanah. Yo te llevo.

Ambas se esforzaban por mantener firme la voz.

—Recuéhtate, mamá.

—Dile que se quede. . . no haga ruido y que coma de to.

—Sí.

Hortensia abrió la puerta y miró fuera para ver si Pipe se había detenido en el rellano. Él se entretenía escupiendo sobre la baranda de la escalera y viendo caer la saliva.

—Yo vengo temprano, mamá.

La madre estaba junto a la silla que ya sobraba, intentando ver al hijo a través del cuerpo que bloqueaba la entrada.

—Recuéhtate, mamá.

La madre no respondió. Con las manos enlazadas enfrente, estuvo rígida hasta que el pecho y los hombros se convulsionaron y comenzó a salir el llanto hiposo y delicado.

Hortensia tiró la puerta y bajó con Pipe a toda prisa. Y ante la inmensidad de un mediodía de junio, quiso huracanes y eclipses y nevadas.

LA CAUTIVA*

Distinguió a lo lejos la capota roja del taxi, lo enfocó y persiguió luego en la curva donde el verde húmedo de los jardines resplandecía al sol, emplazó entonces su mirada en el parachoques delantero y lo atrajo hasta la entrada del edificio. Se abrió la portezuela de la izquierda... y no era él. Un cuerpo repulsivo —tan pequeño, tan escuálido, tan distinto al de él— cruzó la entrada cargando una maleta y subió el empinado pasadizo que conducía a la sala de espera.

No vendrá, pensó. *Le bastó con un simple apretón de manos en el porch, siempre pendiente de los ojos de Inés y mamá. Canalla. Cobarde. No... Probablemente Inés, sin siquiera darse cuenta, lo mantiene a raya con sus encargos: Nene, necesito ajos. Tomates, nene. Nene... Y seguramente ese renacuajo también lo hace pensar. Aunque me quiera —¡y me quiere!—, no querrá dejarlo. Cobarde. Yo puedo darle hijos de más un buen hogar hacerle felicidad mal-*

* Del libro *Spiks,* 1956

dita Inés estar contentos en una eterna luna de miel es mío Inés yo puedo y si en verdad me quiere —¡y me quiere, me quiere!...

En la pared de cristal vio el reflejo de la frente arrugada bajo el ridículo sombrerito de fieltro, los ojos acuosos y la boca fruncida (sobre los labios había trazado unas curvas gruesas que ahora formaban un minúsculo corazón), y sintió deseos de derribarla a cabezazos.

—Fernanda, yo ehtoy cansá y quiero sentarme.

—Pueh siéntate. Yo no te tengo aguantá —dijo ella, volviendo airada la cabeza hacia la anciana peliteñida e incómodamente enhiesta dentro de su ceñido traje floreado.

—Ay, virgen, que tú... Fernanda te dicho que no llores más. La gente se va dar cuenta.

—Déjame quieta —musitó ella, secándose el ojo derecho con los dedos.

Rugió el sistema de altoparlantes:

—Su atención, por favor. Llamada telefónica para Aníbal Montero. Señor Aníbal Montero, favor de acudir al mostrador de la Pan American...

Se dio vuelta porque ya no quería seguir a caza de taxis. Necesitaba olvidarse de él y del tiempo que tan lentamente transcurría.

A uno y otro lado de la sala, los pasajeros paseábanse alrededor de los bancos —sin animarse a tomar asiento, por no arrugar el uniforme de la excitación que lucían sobre sus vestidos de viaje—, se entretenían recogiendo hojas y folletos de propaganda comercial, se sentaban dentro de la caseta junto al portal de la sala para posar por las cuatro instantáneas de veinticinco centavos, o llevaban a los niños a montar los caballos que por diez centavos no mordían ni coceaban ni relinchaban pero sí hacían chirriar sus piezas oxidadas cada vez que giraban en los tubos palmisudados.

Todos se hallaban empeñados en la matanza de un enjambre de minutos como quienes se han impuesto la tarea de papar moscas en una pescadería.

Sin ánimo de imitarlos, volvió a darles la espalda. Detuvo otro taxi y tampoco de éste lo vio descender.

—Fernanda, t'estoy viendo —dijo la anciana rascándose disimuladamente la espalda con la pared—. No lo sigas ehperando, que no viene. Ya se lo dije anoche, que si se presenta voy se lo cuento to a Inés.

Su mirada giró hacia la izquierda y embistió como una antorcha contra el semblante añejo, desolado y grietoso.

—Pero ¿qué tú te creeh? —resistió la anciana— Lo qui has hecho eh terrible y ya Dios te cahtigará. No le dicho na Inés porque lo botará de la casa y se quedará sola y amargá. No eh por él que me priocupo. Él no vale na.

—Ehtá bien —dijo ella reanimándose—. Ponle punto final, por ahora. Pero tengo esperanzah. . .

—¿Tú me quiereh decir que si te busca. . . ?

—Yo no sé.

—Él es un sinvergüenza, Fernanda. Deja que Inés lo coja con otra.

—Él no tuvo la culpa.

—Ponte a defenderlo ahora —cuchicheó la anciana, mirando de soslayo al hombre que pasaba silbando—. Si él fuera persona decente... Él no rehpetó ni la casa donde toh estábanoh unidos, ni rehpetó mis canas, ni a Inés, ni a ti. La mujer en el hospital, dando a luz, y él en tu cuarto, Fernanda...

—Yo los oía de noche —dijo ella, persiguiendo otro taxi—. Aunque mi acohtaba temprano, me quedaba en vela pa oirlos...

—¿Oirlos?

—...pero en los últimoh meses ella no quería y yo entonceh...

—Dios mío, Fernanda. Y siendo tu hermana...

Sin mirar a la anciana, ella sacó el pañuelo de su bolso y, limpiando el marco de resignación que colocaba alrededor de sus ojos, dijo:

—Ya me voy, ¿no?

Fue entonces cuando lo vio descender del taxi, pagar al chofer, y entrar pausadamente al edificio. No supo qué hacer. *Si mamá lo ve...*, pensó. Echó a andar más hacia el fondo de la sala. *Que no se enfrente ahora a mamá. Que espere.*

—¿Pa dónde tú vas? —dijo la anciana yendo tras ella.

—¿Tú no queríah sentarte? Yo también ehtoy cansá.

—Pero si aquí hay un banco, Fernanda.

Simuló no haber oído. Sin pedir excusas, rompió el corro de los cuatro hombres: cuatro caras festivas, cuatro pares de pantalones abombachados, algo sobre "la dulce vida de los sábadoh", y una mano distraída que hacía girar una leontina en el aire bullicioso.

Dejándose caer en el banco vacío, de espaldas al portal, se quitó los zapatos. *Aléjalo un poquito, San Alejo, hasta que mamá me deje sola.*

—¿Qué te pasa?

—Aquí no hay tanta gente y me puedo quedar en mediah.

—Eso no se ve na de bien —dijo la anciana sentándose a su lado.

—Na de lo que yo hago se ve bien.

¿Me habrá visto?, pensó. *Estará plantado en la entrada buscándome.* Calzóse de nuevo, se incorporó, se dio vuelta, se llevó una mano a la frente y cerró los ojos. Él la miraba desde lejos, muy tieso, luego se viraba y salía. *¿Para dónde vas? No tengas tanto miedo, que ella no come gente.*

Le temblaban las manos. Su corazón era un cachorro secuestrado y furioso dentro de un saco.

—Tengo dolor de cabeza. Voy a buhcar aspi. . .

Evadió a los dos niños que corrían a través de la sala, enredó el borde de su vestido en la punta de una sombrilla, tropezó con la pareja que caminaba cogida de manos, recibió un pisotón del piloto que caminaba absorto en la lectura del periódico, y por fin cruzó el portal en dirección al ala izquierda del edificio. De repente, se detuvo en seco. Él la observaba desde la pequeña terraza de la izquierda, entre los estanques. Instintivamente, su mano se alzó un poco para blandir un saludo o una señal de cautela, y en seguida miró atrás, al gentío por entre el cual avanzaba la anciana.

Retrocedió hacia el portal, puso la ancha columna como muro a los ojos de la anciana, y esperó a que ésta se acercara.

—¡Dios mío! Ehta gente no deja uno caminar. . .

—Cómprame unas ahpirinas en la falmacia —rogó ella— Me siento muy mal pa ir allá.

La anciana miró en torno, como quien teme una puñalada en la espalda.

—Ehtás tratando de deshacerte de mi, ¿verdá?

—Me siento mal. No es lo que tú piensas.

—La falmacia no ehtá tan lejos, Fernanda. Vamoh las doh.

—Déjalo, déjalo —dijo ella, y se abrió paso hasta el mostrador de la Pan American.

—¿Hay algún cambio en la salida del dos cincuentiséis?

—La hora sigue igual —dijo el empleado—: Doce y cinco.

—Graciah.

Se hizo a un lado, volvió el cuerpo hacia el portal, y descansó un codo en el mostrador. Su madre permanecía frente a ella, leyendo el itinerario al otro lado del mostrador.

—Voy simplemente a vivir todo un mes en Harlem —decía el hombre larguirucho, orondo, al joven que garrapateaba en la libreta de apuntes—. Mi labor será, verdá, realizar una invehtigación de las condicioneh de vida del puertorriqueño en Nueva York. Diga en su periódico también. . .

—Your attention, please —clamó la voz que, a través del sistema de altoparlantes, parecía trasmitir bajo una lluvia de cascajo—. Eastern Airlines announces the departure of Flight Three-sixty-four to Miami. Please present your tickets at Gate Three. Su atención, por favor. La Eastern Airlines. . .

Rojos, seriotes, cargando libros y revistas bajo el brazo, siete pasajeros se movieron hacia la puerta número tres.

La anciana cambiaba de uno a otro pie el peso de su cuerpo, resollaba, preocupándose por que ninguna mano al pasar rozara sus caderas, mientras ella miraba con disimulo la pared de cristal que daba a la terraza. Ahora él se hallaba escondido tras de una columna y, bajo el ala del sombrero, dejaba ver la mano fija al cigarrillo caviloso. *Como en el cine,* pensó ella. *Él es Alan Ladd, yo soy Ava Gardner, y mamá es Bela Lugosi. Sólo que aquí Alan Ladd ha empeñado su pistola.*

Comenzó a reír y no calló hasta darse cuenta de que el movimiento de su boca y el escozor en los ojos no concertaban con la risa.

—Y ahora ¿qué te pasa?

—Na —logró balbucear—. Es un chiste.

—Pero ehtás queriendo llorar otra vez.

—No eh na, no eh na.

Sacó el pañuelo, se secó los ojos, y se sonó. Luego fue a sentarse en el banco más cercano al portal, de perfil a la terraza. La anciana se escurrió a su lado.

—¿Por qué tú no te vah pa tu casa? Tú debeh tener algo qui hacer.

—Cuando salga el avión —dijo la anciana.

—Quieres ehtar segura, ¿ah? Pero ¿qué más necesitah? Tú mihma l'ehcribihte a Julio diciéndole que yo iba trabajar.

—Y a vivir con elloh, Fernanda. Que no se ti olvide. Ya mi ocuparé yo di averiguar si tú te has ido a vivir sola.

—O si he cogido el avión otra veh pa Puerto Rico.

—O si has cogido el avión otra veh pa Puerto Rico. Yo ehtaré pendiente de to tuh pasos.

—¿Debo mantenerte al tanto de mis amoreh?

—Julio te velará, que pa eso eh tu hermano mayor. Yo lo único que no quiero eh verte aquí en Puerto Rico, hahta que to vuelva ehtar bien.

—Bien ¿cómo?

—Hahta que crehcas y te deh cuenta del pecado qui hah cometido.

—¿Y cuándo me daré cuenta? ¿Cuando cumpla loh veintiún añoh?

—Ojalá.

Cuatro años más, pensó. *Después podré venir a pelear por él. A llevármelo, a casarme con él, si es que aún no ha tenido el valor de abandonar a Inés para buscarme.*

—Le dices a Julio que quizáh yo vaya verlo pa

Navidadeh —dijo la anciana—. Quiero conocer a su mujer y los doh nenes...

No me va a dejar sola, pensó ella. *Ni siquiera voy a poderlo besar.* Detuvo su vista en los letreros —"Viaje ahora y pague después", "Asegúrese por $ 25,000.00"— tratando de olvidar aquella boca parlanchina. Sobre el escaparate de los objetos de concha, giraba el anuncio con su aureola neón: "Tim's Shell Gifts... Tim's Shell Gifts... Tim's..."

Miró de reojo hacia la terraza. Todavía estaba allí, escondido como un gangster, fumando su viciosa precaución. Cruzó las piernas. *Que las vea,* pensó. *Que se fije bien en lo que va a perder. Inés las tiene flacas. Inés no tiene nada de lo que yo tengo. Excepto a él. Pero eso no fue más que suerte, labia, y yo era entonces sólo una muchachita con barros y trenzas. Pero él tampoco se fijaba en eso. Me tiraba la vista a la espalda como un garfio para rasgarme el traje sobre las caderas y los muslos. No era bobo y yo tampoco.*

—...Y en Nueva York cualquier trabajo secretarial lo pagan mejor qui aquí —decía la anciana.

—Sí.

—Se trabaja duro, pero se hace buen dinero. Y cuando uno sabe dos idiomas...

Comenzaba a oír el ronco fragor de unos motores invadiendo la sala, cuando repercutió la voz:

—Your attention, please. Pan American World Airways announces the arrival of Clipper Flight Two-sixteen from New York. Su atención, por favor...

Conversando agitadamente, varias personas corrieron a asomarse por las aberturas redondas que dominaban la pista de aterrizaje.

—... Llegada del Clipper Vuelo dos dieciséis de Nueva York...

Ella miró su reloj de pulsera. *Quince minutos más,* pensó. *Anda y ven a besarme. Mamá no dirá nada. Atrévete. Ven acá, ven acá. No estabas leyendo el periódico, sino que me hablabas con esos ojos diabólicos. Ven acá, decías. Estas manos, esta boca y esto van a ser tuyos. Todo eso con los ojos, cuando echaste a un lado el periódico y te estiraste en la butaca mordienzo tu bostezo. Ven acá. Toma. Ven acá, que ya tu mamá se fue a la cama.*

—Fernanda.

—¿Qué quiereh?

—Que si no vah almorzar. En el avión seguro que no darán almuerzo, porque ya to el mundo habrá comido.

—No tengo hambre.

—Aunque sea un vaso de leche y un sandwich.

—No quiero na.

En la sala, habiendo sometido su equipaje al examen aduanero, los pasajeros que acaban de descender a tierra repartían besos y abrazos entre amigos y parientes alborozados.

—Y cuando cai la nieve, aquello parece una taljeta de Navidá —decía un hombre.

—Yo no tardo seih meseh más en irme di aquí, porque ya el campo s'está volviendo un patio pa to ese montón de fábricas que van levantando —decía otro.

Ella volvió la vista hacia el chiquillo que, medrosamente y sólo a instancias de su madre, acariciaba un flanco del caballo de madera. La madre le hablaba y el chiquillo sacudía la cabeza. *No, me va a doler.* La madre seguía hablándole con ternura, mesándole los cabellos, pasándole una mano sobre la mejilla. *No me atrevo porque me duele y porque tú eres mi cuñado.* El chiquillo al fin se dejaba convencer. La mujer lo alzaba, lo colocaba en la montura, y echaba la moneda en la ranura. Entonces el caballo comenzó a brincar, a girar, a mecerse... Y brincaba, giraba y se mecía luego sin dejar caer el tembluzco grito del jinete asido a su pescuezo.

Se movió nerviosamente en el banco. *No fue tanto el dolor, pero hubiera querido gritar de dolor y de placer.* Miró hacia el agua del primer estanque y, sin levantar la cabeza, alzando sólo los ojos, escudriñó la columna. Ahora el humo del cigarrillo era lo único que delataba su presencia. *Cobarde, ¿por qué no vienes acá? Un solo beso. Mamá no dirá nada. Ella se conforma con verme volar. Lo que no te perdona es que hayas salido de mi cuarto cuando ella volvía a acostarse después de ir al baño. Escríbeme, cobarde. Piensa en mí.*

—Your attention, please. Pan American World Airways announces the departure of Clipper Flight Two-fifty-six to New York. Passengers please present your tickets at Gate Seven.

Un tropel de gente comenzó a hacer fila para pasar a través del torno de la galería de observación. Las niñas que se acicalaban frente al espejo de la caseta de fotografías, echarron a correr hacia quienes las llamaban.

—. . . Anuncia la salida del Clipper Vuelo dos cincuentiséis con destino a Nueva York. Sírvanse presentar sus boletos en la puerta número siete.

La sala servía ahora de pista a la turba que, riendo y llorando y dando voces frenéticas y taconeando apresuradamente, desfilaba hacia la puerta señalada.

La anciana terminaba de prensar los labios sobre cada uno de sus ojos, y ella cerraba la boca para rozar la mejilla descarnada.

—Que Dios te bendiga, Fernanda. Yo voy ehtar arriba, en la galería.

Cuando la vio alejarse, miró hacia la terraza. Pero ya no lo divisaba en el lugar de antes. Miró en derredor, sobre las caras desconocidas, y no lo halló.

—Su boleto, por favor.

Dio el boleto y volvió a buscarle con la mirada.

—Perdone, señorita, pero hay más pasajeros.

Echó a andar hacia la pista de aterrizaje, donde trepidaba un carromato lleno de equipaje y vociferaban los mecánicos. Subió las escalinatas ladeando la cabeza hacia la galería de observación, y vio entre el montón de brazos y rostros el pañuelo de la anciana. Entró precipitadamente, sin corresponder a aquel gesto, para tomar asiento junto a una ventanilla. Su vecino de asiento no cesó de lanzar besos ni de agitar la mano hasta que el avión comenzó a moverse.

Desapareció de su vista la galería de observación, toda la fachada trasera del edificio, y luego se esparció ante ella la carretera interior del aeropuerto. *¿Por qué no aprovechó cuando mamá me dejó sola?*, pensó. *Un beso nada más hubiera sido suficiente. Maldita seas, mamá. Si te hubieras ido...*

Súbitamente, cuando el avión giraba lentamente hacia la torre de señales, la figura que salía a la acera atrajo su atención. Se detenía —las manos en los bolsillos, la corbata al viento, el sombrero aleteando— y contemplaba el avión. *¡Es él, es él!* Desesperadamente, su mano gesticuló un adiós a través de la ventanilla. Y él seguía con su cabeza alzada, su sombrero aleteando, sus manos en los bolsillos...

Tú sabes que yo voy aquí. Encórvate un poco, aunque no llores. Él ensanchaba el pecho, afirmaba las piernas. *A menos que no te importe, que sólo hayas venido para estar seguro. A menos que como mamá...*

El avión giró por completo, corrió sobre la pista y despegó. Entonces ella comenzó a reír sin ganas, sin fuerzas. Y el llanto le vino luego.

EDWIN FIGUEROA

En Edwin Figueroa se da el caso peculiar de un autor reconocido cuya labor cuentística, dispersa en diarios y revistas, no ha sido aún recogida en un primer volumen.

Cuando en el 1953 su cuento *Aguinaldo Negro* obtiene el Primer Premio en Certamen de Cuentos del Ateneo Puertorriqueño, sorprende la revelación del nombre del autor, desconocido hasta entonces en el mundillo de las letras. Sólo un reducido grupo universitario sabía de la callada y tesonera labor de Figueroa en sus años formativos. La sorpresa no fue tanto quizás por el desconocimiento que se tuviera del autor como por el hecho de que el cuento premiado revelara destreza desusada en el dominio de técnica y estilo. Uno de los miembros que componía el jurado llegó a preguntarse, antes de que se procediera a abrir el sobre de identificación, si *Aguinaldo Negro*, tanto por su aliento poético como por su tema negroide, no sería experimento cuentístico de un poeta: Luis Palés Matos. La duda no resulta hoy tan descabellada si sabemos que Palés y Figueroa son ambos oriundos de Guayama —costa de acentuado trasfondo y folklore negroide— y que, probable y lógicamente, el cuentista joven fuese lector asiduo del muy admirado poeta compueblano.

Junto a José Luis González es Figueroa uno de los escritores de su promoción más preocupado por el problema de la lengua, más cuidadoso, puntilloso casi, en el uso correcto, irreprochable, del vocablo. Escritor de labor pausada —jamás le acucia la prisa por publicar— cuida amorosamente su prosa, trabajando exhaustivamente en su elaboración, afinamiento y brillo.

La formación literaria de Edwin Figueroa explica esta fundamental preocupación. Nutrióse mayormente de los escritores de la generación española del 98 entre los cuales, admiró y estudió a Azorín, maestro en ese difícil estilo de pulcra y castiza sencillez.

En cuanto a técnica cuentística, fue Hispanoamérica su fuente principal. Horacio Quiroga y Rómulo Gallegos determinaron sus iniciales preferencias. El curso de Ciro Alegría, *Teoría y Práctica de la Novela*, y cursos avanzados de literatura en el Departamento de Estudios Hispánicos de la Universidad de Puerto Rico completaron, afirma el cuentista, su formación como narrador.

Es probable, por otra parte, que se acercara a las modalidades del cuento anglosajón y europeo, ya directamente en cursos universitarios de literatura extranjera, ya indirectamente a través de la labor de otros autores puertorriqueños de su promoción.

Nos parece interesante señalar que este escritor es uno de los pocos jóvenes que no ha abandonado del todo la zona rural al abordar sus temas. En efecto, varios de sus cuentos tienen como trasfondo el paisaje de ruralía y utiliza en ellos personajes campesinos.

En 1956 Figueroa obtiene el Tercer Precio en Certamen de Cuentos del Ateneo por su *Lolo Manco*, un dramático relato del campesino inadaptado a la zona urbana. Hay en el tema del cuento resonancias del drama *La carreta*. En ambas piezas la máquina devora al hombre. En el drama puertorriqueño el acto es, además de simbólico, literal: la máquina destroza al personaje atrapándole en sus entrañas. En el cuento de Figueroa la máquina urbana mutila al obrero agrícola en lo que es símbolo de su potencia y capacidad creadora: el brazo.

Un año después (1957) otro cuento suyo, *Raíz amarga*,

obtiene el Primer Premio en el Certamen del Ateneo Puertorriqueño.

Varios de los relatos del autor han aparecido en la Página Literaria de *El Mundo* y en la revista *Asomante*. Prepara para la imprenta su primer volumen: *Aguinaldo negro y otros cuentos*.

Edwin Figueroa ha realizado investigaciones lingüísticas en el Consejo Superior de Enseñanza. Actualmente prepara una tesis, *Estudio lingüístico de la zona de Ponce*, para el grado de Doctor en Filosofía y Letras.

AUTOBIOGRAFÍA

Nací en Guayama el 26 de marzo de 1925. Allí pasé mi infancia escolar hasta la escuela superior. Comencé la carrera de ingeniería civil en Mayagüez (1942) pero una huelga de estudiantes obligó a las autoridades a cerrar el Colegio de Agricultura y Artes Mecánicas por varios meses. Vine a San Juan y solicité un empleo modesto en la antigua Escuela del Aire del Departamento de Instrucción Pública dirigida entonces por el dramaturgo Manuel Méndez Ballester. Trabajé allí como actor y locutor por varios meses. Pasé luego a una radioemisora comercial (W.I.A.C.) donde permanecí hasta completar mis estudios universitarios en 1948. Ese mismo año comencé a colaborar en los trabajos de investigaciones pedagógicas del Consejo Superior de Enseñanza en la Universidad —trabajé allí en un estudio sobre la radio en Puerto Rico. Seguí estudiando al mismo tiempo hasta completar el grado de Maestro en Artes— mi tesis consistió en un estudio lingüístico de la Zona de Cayey. En 1955 ingresé a la Facultad de Estudios Generales iniciándome como maestro en los cursos básicos de humanidades. En 1958 pasé al Departamento de Estudios Hispánicos donde enseño cursos de literatura española. En 1956 contraje matrimonio con la profesora de arte Carmen Ada Rivera.

¿Qué concepto tiene usted del cuento como género literario?

El cuento en nuestra época se ha revelado como un género de insospechadas posibilidades. Es un camino espléndido hacia los grandes géneros —novela y teatro— pues exige el dominio de los recursos esenciales de la ficción literaria.

¿Por qué cultiva usted este género?

Los procesos de la creación literaria son fascinantes. Bregar con las palabras es como hundirse en los misterios del espíritu. Es como atisbar intuitivamente la grandeza de Dios. Pero sobre todo el cuento me permite poner en relieve los valores del espíritu hmano que no deben perecer. Perpetuándolos en los personajes de más relieve me parece que cumplo con una alta responsabilidad como escritor

AGUINALDO NEGRO*

Mi niño negro
ya está soñando
¡Ay que no sueñe
que es niño blanco!

GERMÁN BERDIALES

ERA LA NOCHEBUENA. Las sombras entraron por la punta de Candelero cuando ya las gentes de mar andaban lejos tierra adentro. Ni en la rada de la Sardinera, ni en los arrecifes del Morrillo se alzaron los chinchorros ese día. Sobre los uveros quedaron abandonados los cordeles y las redes a medio tejer y en el rancho del cocal no hubo luz hasta que las últimas claridades flotaron indecisas detrás de los cayos.

—Ya tá soplando el nordesito fresco Mitila; traime má yesca que esta candela tá pammá— habló la vieja Guaní al sentir el rumor que levantaban las palmas en el silencio.

Domitila cruzó el soberao y las sombras agigantaron la silueta abultada de su vientre contra los tabi-

* Primer premio del Certamen de Cuento, Festival de Navidad 1953.

ques. Trajo las yescas y regresó al batey sin proponérselo. Se sentó en el banco junto a la puerta; estiró la espalda contra el seto de pencas y abandonó a la soledad la conversación de la vieja Guaní.

—Tú no saca ná con estar triste, to eso va en tu contra, Mitila— habló de nuevo la vieja desde el fondo del rancho después de tragar el último bocado del calalú.

—To eso presentimiento van a acabá contigo. Te va a enterrá, cristiana —siguió la voz, temblona como la luz del quinqué viejo.

—Aqueyo fue un yacó e la señora del hacendao, ñeta, lo blanco saben también de brujería. Pero ya to eso pasó. No habrá baquiné con ese angelito que Dió gualda en tu entraña.

—El otro era angelito también, comentó Domitila con voz seca.

—Aquél fue hecho en pecao, que aunque no fue pol tu culpa, pudo sel tu peldición. Dió sabe lo que hace. Arrecuéldate de la canción que tos te cantamos aquella Navidá.

No lo llores, madre
no lo llores más
uno que te quita
y otro que te dá.

—Maldito baquiné —masculló Domitila.

—Un nacimiento del niño Jesú parecía tu muertito entre flores, ¿te arrecuelda? —insistió la vieja.

Domitila sintió la sacudida del recuerdo en la brisa marina. La tristeza se le cuajó en los ojos, vidriándoselos. Cuando amansó la pena exclamó:

—¡Que blanquito también era, como el Niño Jesú!

—Era hijo 'e blanco, por eso no era pa ti.

—¡Pero yo lo parí! ¡Era mío!

—Arrecuelda lo que dijo la señora del blanquito cuando fuite a pedile ayuda, "El señor no tiene más hijos que los míos. Esos otros son hijos de las cañas." ¡Qué mucho hijo 'e la caña han nasío desgrasiao en esta tierra!

Desde la hacienda lejana llegó el eco de los aguinaldos y las parrandas. Domitila sólo oía la canción del baquiné.

Vamos a cantar,
alegres cantemos
se murió este niño
ángel es pal cielo.

—Mi aguinaldo, güela, es la canción de mi blanquito muelto.

—Blanquito ajeno, ñeta.

—Yacó de la blanca, ¡maldición del hacendao!

—Da gracias a Dios que dipués encontrate hombre honrao en tu camino.

—Le costó su sangre y su vía al pobre Rosendo.

—Pero fue tu marío en ley. Dió estaba contigo.

—Pa sufrí también lo necesito ahora.

—Te ha dejao limpia 'e pecao.

—¡Pobre Rosendo!, no le valió de ná el machete.

—Y que le vamo a jasé... Que en pa descanse.

Al meno te dejó este rancho y un negrito en la entraña.

Angel será pal cielo, güela. Mi semilla está maldecía.

La vieja Guaní silenció la oscuridad con el sueño y Domitila se quedó sola frente al camino de las playeras. En la orilla del mar el agua llegaba en mansas olas a batir con rumor apagado el fondo de las embarcaciones.

De pronto un estremecimiento sacudió su cuerpo. Por la garganta le subía una fuerza que ahogaba su aliento. El frío de la brisa se pegó a su piel erizándola en puntas de sangre convulsionada. Una punzada, remota y profunda, doblegó su cuerpo sobre la arena húmeda del batey. El dolor se avivó en sus entrañas y otra punzada siguió a otra... y otra...

La mirada tiesa se volvió sobresalto en sus ojos. Aterrada, Domitila miró al batey del baquiné y sintió que una nube la envolvía. Su pensamiento vagaroso la llevó a un mundo de formas extrañas. Al mirar de nuevo desde el fondo alucinado de su dolor, comenzó a ver desde las palmas, desde el rancho, como salida de sí misma...

Corros de niños danzantes salían de la oscuridad, mil dedos negros trepidando sobre blancos cueros de tambor y un niño muerto sonreía entre flores. De los mangles llegaron tufaradas de cieno. Oscuras sombras estremecidas por esguinces elásticos se alargaban hasta las palmas. El mar batió en tintas rojas los mogotes y la melaza corrió por el batey del baquiné.

—¡Tambó, tambó, se cumplió tu yacó! —ululaban las palmas, ululaba el mar, ululaban los negros. Junto al negrito muerto bajo las ramas chorreando luna, la madre lloraba en la orgía de los corros. La vieja Guaní dirigía los cánticos y los hombres se rendían al mamplé.

* * *

Después las voces se silenciaron, el sudor dejó los cuerpos y otras voces aguinalderas se oyeron en la madrugada.

Si no tienes nada
nada nos darás
que sólo queremos
cariño y bondad.

Domitila oyó las voces llegar desde las palmas altas. Eran ángeles de verdes cabelleras envueltos en la temprana luz del día. Llegaron hasta ella y su cuerpo se hizo liviano y flotante. La luz prendió sus ojos y una gozosa sensación la fue trayendo a sus sentidos. El llanto rebelde de un niño rompió el asombro de su alucinación... Abrió los ojos y el mundo exterior se fue acercando a su cuerpo.

La vieja Guaní trajinaba por el rancho arrastrando su vejez madrugadora. Desde afuera llegaba la bravata del mar contra los cayos. La gastada voz de la vieja Guaraní se acercaba...

—Toma, cristiana, espierta diuna vez. Aquí tiene tu negrito Jesú, que la Vinnen María te ha venío a ver. Buen aguinaldo te ha dao la Varona.

Domitila trató de levantarse pero sólo logró estirar sus brazos para abrazar contra su seno la bendición de los ángeles que entre la matas lloraba.

—¡No hubo baquiné, güela! ¡No hubo baquiné!

—La Vinnen María se arrecoldó de tí, Mitila, en la Pascua del Niño Jesú.

Por el solar del baquiné cruzaron las voces de los parranderos.

Ya no llores, madre
Ya no llores más
que ha llegao tu niño
en esta Navidá.

Los bueyes mugieron en las cañas. En el rancho las gallinas seguían a la vieja Guaní con su alborada de cacareos y sobre el mar las gaviotas esgrimieron su blancura y saludaron el alba.

LOLO MANCO*

Y el hombre se hizo máquina
y habitó entre los muertos ...

—¡Maldita tierra! —rechinó Dolores Guerra con los labios trincados contra los dientes mientras ahogaba en el puño la hoja de tabaco perforada. —No sirves mah que pa dar gusanoh—. Luego abrió la mano callosa, humedecida por el zumo negruzco de la planta triturada y la dejó caer sobre los duros terrones. Echó a andar por el trillo corcoveante hasta llegar al altozano donde tenía la casa y se arrellanó contrariado sobre la tierra pelada.

El viejo don Bauta bregaba en el chiquero con los cerdos cuando lo vio llegar. Desencorvándose lentamente hizo señas hacia la casa para que le trajeran el cazo de viandas calientes. Pero el muchacho permanecía con la cabeza baja hincando la tierra con el mocho romo del desyerbo. Sin mover la mirada vio acercarse los pies costrosos del padre. Y antes de que

* Tercer premio en el Certamen Festival de Navidad 1955, Ateneo Puertorriqueño.—*Asomante*, 3-1956.

le hablara le tiró las palabras como empujadas por el disgusto que traía del tabacal.

—Se lo estoy diciendo hace tiempo, viejo. Esta tierra apretaá ya no rinde promedio. La hoja que no se enrrolla se motea de seguido o si no se la comen loh gusano.

Pero el viejo, terco en su amor por la finquita tendió la vista al tabacal, al arbolado y a la casa y le refutó— sentencioso. —Lolo... no hay terreno apretao pa la buena mano—. Y después de observarlo calmo, siguió —¿Qué desesperu se te ha metío entre cuero y calne?

—Allá está la plata, viejo...

—Pero aquí, a Dioh gracia, nunca nos ha faltado na. Ni tan siquiera el grano e la palma rial pa la ceba de loh cerdos.

—No ha quedao gente en toa esta altura que no haiga cambiao el catre.

—No te dejes llevar...

—Aquí deja uno el bofe y ¿pa qué? Si la lluvia de "tribuná" y el "cachoduro" se hacen cargo e la cosecha. Dehpué lo poquito que se logra sacal lo aniquila el refaccionista en la bajura.

En la casucha, la madre oía la conversación. Al mirarlos desde la ventana recordó las palabras del viejo la noche anterior. —*Me barrunto que pa agosto Santa Rosa tendrá uno menos el día e la siembra.*

Y ahora al escucharlos comprendió que el viejo Bauta tenía razón. Era inútil insistir. —Malas compañas te habrán metío ese enfusque en la cabeza—. Oyó la madre concluir al viejo.

Y con el jumazo en la boca le vio dejar la conversación a medio acabar llevándose los pocos argumentos que le sobraron "enliaos" en su silencio.

Llegó el tiempo del "cape" y se cortaron los capullos. Luego se destallaron los renuevos y amaneció febrero para el deshoje final de la cosecha. Pero las hojas permanecieron broncas y el esfuerzo fue inútil.

El hijo no resistió más y decidió emigrar. Cuando cruzó el portillo de la alambrada no quiso volver la vista. Desde la puerta de la casa lo vieron alejarse la madre y los hermanos; quietos y mudos en retablo de cuerpos tallados para la espera.

En el tabacal quedaba el viejo solo; tronco de raíz añeja, con su esperanza aniquilada.

El pueblo se adormilaba bajo los techos recalentados cuando Dolores Guerra se arrimó a la casa de la tía Úrsula. Una pocilga entre cientos de casitas apeñuscadas en la barriada pobre. —Dejé el monte, tía. A ver si le meto el pecho al trabajo acá en el pueblo.

La tía Úrsula movía su gordura sofocante de un lugar a otro. Le llevó a un rincón que servía de sala durante el día y sazonándole un trago de café...

—Aquí no tenemoh comodidade pero se vive arreglao a lo que se trabaja. Tú sabe. Tengo la casa hipotecá desde que Crescencio quedó fallo del riñón.

—No se apure, tía, nos remediaremos.

—De la nena no he tenío ni una sola letra desde que se casó con un gringo en California. ¡Qué ingrata! Así que me ayudarás a pagal loh interese.

—Sí, tía.

—Has venío caío del cielo... Mira, en la fábrica e ventana están cogiendo gente nueva... Espabílate.

El lunes amaneció Dolores Guerra frente a la fábrica. Volteó un rato por los alrededores antes de entrar. Miraba desde la cerca aquel largo edificio hermético, rodeado de un césped espeso y afelpado. No se oí un ruido, ni una sola voz. Los cristales fijos de las ventanas le cegaron con sus reflejos plateados.

—¡Y aquí hacen ventanas!— se dijo al decidirse a entrar. En el recibidor quedó frente a una linda muchacha y al letrero tallado en madera sobre el escritorio — INFORMACIÓN.

—¿Qué se le ofrece? —oyó que alguien había preguntado. El tacleteo de la máquina de escribir se oía menudo e irregular. Lolo sacudió su abstracción momentáneamente.

—Trabajo —dijo al fin.

De pronto se abrió otra puerta que daba al interior de la fábrica. Un hombre alto de semblante rozagante, de ojos azules y unas hebras en el cráneo rojizo salió con un fajo de papeles pinchados sobre una gruesa carpeta.

A Dolores Guerra le pareció ver un niño gigante en aquel hombre extraño. Observó cuando el norteamericano puso la carpeta sobre el escritorio y le oyó silbar algunos sonidos extraños mientras regresaba por el mismo lugar. La hoja de la puerta permaneció en un vaivén menguante y un ruido ensordecedor se escapó en intermitencias cada vez más cortas, hasta quedar otra vez en silencio la pequeña oficina.

La secretaria sacó del rodillo el papel donde copiaba una carta momentos antes e intercaló rápidamente en la máquina una pequeña tarjeta azul.

—Su nombre.

—Dolores Guerra, para servirle.

—Edad.

—24 años.

La muchacha le miró las facciones, anotó otros detalles en el formulario, le hizo algunas preguntas más y rebuscó en los pesados archivos de metal color de aceituna. Después de examinar algunas tarjetas se volvió al solicitante.

—Ha tenido suerte—, y leyó para sí misma en entrevoz —Sección de soldadura y remache, catorce, 8/17/54 vacante 3... aquí está... sí, puede venir mañana. El "foreman" le dará las instrucciones.

El martes se dirigió a la Miami Corporation. Los obreros caminaban hacia la fábrica con prisa nerviosa. Apenas se decían algunas palabras. Pensó que debía imitarlos y aceleró el paso. De vez en cuando alcanzaba retazos de las conversaciones truncas, como las noticias incompletas que leía en los pedazos de periódicos que la tía Úrsula ponía en la letrina de la casa.

—. . . Hay que sacar dos embarques. . .

—. . . Y si no aumentan, huelga. . .

—. . . anoche tuve que llevar la nena al. . .

De pronto se encontró en el interior de la fábrica. El capataz le condujo entre extraños cuerpos de acero empotrados en el suelo negro de la factoría. Del techo bajaban las poleas, descolgando cadenas interminables. En las esquinas crecían las estibas de planchas de zinc sin elaborar. Miró a las ventanas. Un sol empañado se asomaba a los cristales sucios mientras adentro resplandecía la luz eléctrica.

—Ésta es la sección de soldadura y remache y ésta es la materia prima —oyó al capataz.

Repentinamente sonó el alarido de un pito y el salón se estremeció como enorme locomotora que empieza a caminar. A cada instante se añadían chirridos distintos, más agudos, más penetrantes. El capataz se le acercó para continuar vociferándole al oído las instrucciones. Los tímpanos no daban abasto. Lolo Guerra no pudo disimular el espanto.

Pero el capataz siguió explicándole el funcionamiento de aquellas piezas en movimientos contradictorios. Y veía descender los chorros de aceite y cebo derretido en capas oleosas por los pistones, por los vástagos giratorios, por los taladros y los rodetes. Sintió náuseas y una dentera que le agrietaba los dientes. Pero era preciso hacer un esfuerzo decisivo.

—Esto es lo que usted va a hacer. . . sin fallar. . . "on time."

—Sí, sí. . . —fue lo único que pudo balbucir.

—¡Recuerde que hay que aumentar la producción a siete mil! —Gritó con más fuerza el capataz. —¡A siete mil!

La mirada se le fue de nuevo tras las gruesas láminas de metal galvanizado. Permaneció abstraído contemplando cómo una tras otra eran devoradas por las sierras y los taladros para salir recortadas con simétricas perforaciones en los extremos. Luego las siguió mientras corrían arrastrándose sobre una superficie movible hasta la enorme prensa hidráulica donde recibían un doblez a modo de repulgo.

—Esto es sencillo, como coser un pedazo de tela cualquiera —gritó el capataz abocinándose la boca con las manos.

Por el suelo pringoso se amontonaba la viruta plateada de las planchas. La mano áspera de Lolo Guerra no pudo contenerse. Al primer descuido del capataz se bajó para agarrar un puñado de aquellas fibras tan brillosas. Y un relámpago de codicia le alumbró los ojos.

—¡Parecen de plata y están botás aquí!

Dolores tuvo a su cargo la prensa hidráulica de mayor tonelaje. Los primeros días fueron difíciles. El martilleo reiterado mantenía sus nervios en tensión constante, como alambres incandescentes.

Las hojas de acero laminado caían formando macizos lingotes después de recibir la aserradura. Una, dos, tres... eran aplanchadas hasta formar grupos de veinticinco hojas. El tiempo se medía por el número de hojas prensadas. Los días fueron transcurriendo a ritmo de máquina.

Cuando se echaba de noche muerto de cansancio seguía en sueños contando planchas, una, dos, tres, veinticinco. —*Hay que aumentar la producción...* Pero al despertar sentía un cansancio viejo, de siglos.

—¡Te has hecho de un polvenil, Lolito! —era el saludo mañanero de la tía al servirle el trago de café.

El muchacho desarrolló una rapidez asombrosa para manejar la prensa, para comer, para caminar. En la fonda donde almorzaba, los compañeros le gritaban entre chanzas.

—¡Horita te quedas con la fábrica, super-man!

Dolores permanecía callado. Nadie había advertido que sus brazos a fuerza de repetir el mismo movimiento apenas si cedían para llevarle la cuchara a la boca. Le costaba gran esfuerzo dominar el reflejo nervioso de impulso y retroceso, de impulso y retroceso.

Pensó entonces en las palabras del capataz el día anterior. —*El americano dice que si quieres un turno por la noche. Está contento con tu trabajo... Además es paga doble.*

—Acepto—, le dijo al capataz cuando se le acercó a su máquina esa tarde. Así no tendría que ir a la fonda. Nadie notaría el reflejo nervioso. Y continuó entusiasmado la tarea. Setenta dólares a la semana en tiempo doble. Una, dos, tres. En los brazos duros las venas eran alambres de tensión. Setenta dólares. Lunes, martes... viernes de paga doble.

—Tía, mañana empiezo de noche, con paga doble,

paga doble, setenta pes. . . —y se fue quedando dormido en el sillón de la salita.

—¿No vas a comer, Lolo? Tieneh que alimentarte. Mira que ya eres un hombre de provecho —continuó la tía hablando sola.

El sueño le había llegado en una cascada de virutas relucientes. Después, al caer en sus manos, las veía convertidas en monedas y monedas. Pero los brazos no le alcanzaban. Había que meter las planchas, una por una en la prensa y la cascada y. . .

—¿Estás soñando, Lolo?— le despertó la tía al notar que movía los brazos en el aire, hacia adelante, hacia atrás.

—Sí, sí —masculló atolondrado. Sonambuleó unos pasos y se dejó caer en la cama del cuarto como viga derrumbada.

Al otro día a las seis de la tarde salió Dolores Guerra para el trabajo. Por la escotilla de los bostezos continuos se le escapaba el sueño viejo. Le dijo a la tía algunas palabras disueltas en la prisa y a los veinte minutos siguientes ya estaba frente a su máquina. Un silencio apestoso a grasa llenaba el salón.

El capataz giró el conmutador y la maquinaria se estremeció haciendo vibrar las paredes con el retumbo de los motores. Las sierras cercenaron el aire con su alarido áspero. Las cámaras de combustión parecían bombearle la sangre desde afuera. Dolores sintió de nuevo la dentera y un escalofrío le corrió por el cuerpo. Le era insufrible aquel sonido de las sierras en la noche. Pero el escopeteo de las válvulas y los golpes sobre la hojalata se impusieron.

Las noches pasaron y Lolo Guerra fue acoplándose al ritmo con más celeridad. Miraba sus brazos en el rápido ir y venir hasta experimentar la sensación de que no eran suyos. Eran entonces dos palancas atornilladas a sus hombros. Una, dos, tres, veinticinco. La enorme mole de acero caía sobre las láminas plomizas transformándolas sin fallar. Todas iguales. Las noches y los días morían triturados en cada aplanchadura bajo el ritmo metálico de la hojalata, igual, medido y uniforme. *–Si el viejo viera esto–* Dos, ta Rosa... no voy a comer ahora. Uno, dos, tres. Viermejor de la fábrica. . . las dos de la madrugada... que me cambien la almohada... 30 de agosto... Santres... viernes... treinta dólares para la tía... el nes de pago... mañana... veinticinco planchas... las dos de la mañana... se acabaron... PAREN, PAREN, PAREN... la máqui... n... a.

El cuerpo cayó aturdido, el brazo en alto y una visión en círculo de rostros asomados a un pozo anegándose en sangre le anuló la vista y la mente. Luego era el ritmo de la máquina otra vez... otra más. Setenta dólares a la semana. Setenta planchas de metal como plata y las mandíbulas de acero del capataz... las dos de la mañana... viernes de cobro... y el pozo de sangre creciendo.

Los obreros se alejaron a las tres de la mañana. En el silencio sin brazos de la factoría la enorme prensa hidráulica quedó sola, babeando sangre con aceite quemado.

Antes de abrir los ojos sintió un olor extraño y unos quejidos lejanos. Y un ruido en la cabeza. Después la luz blanca, las sábanas blancas y esa mujer vestida de blanco. Las ventanas eran blancas también. Sí, ya vendieron las ventanas.

Trató de erguirse y al apoyar la mano derecha sintió una opresión dolorosa. Se tendió de nuevo y levantó el brazo rematado en la envoltura blanca de las gasas. Vio entonces por primera vez las manchas de la sangre transparentada. No quiso recordar.

Luego sintió unas manos suaves apoyadas sobre sus hombros y unos ojos que miraban su semblante huesudo, manchado por la barba que comenzaba a ralear y el cabello negro derramado sobre la almohada y sus grandes ojos de pez muerto, fijos en la ventana de esmalte reluciente.

La mano suave de la mujer vestida de blanco alcanzó la pequeña manivela en la jamba. La hizo girar y las hojas paralelas de la ventana de metal se replegaron lentamente unas sobre las otras. Y sus párpados cayeron sobre los ojos desorbitados. . . y el cuarto quedó en penumbras.

Cuando Dolores Guerra salió del hospital por primera vez pensó que nadie le recordaría. Pero al notar que le miraban el brazo le pareció que todos le esperaban para curiosearle. Trató de meter la mano rápidamente en el bolsillo y por primera vez sintió dolorosamente la ausencia de sus dedos.

En el dispensario médico le sometieron a examen. Un experto en mutilaciones estudió su caso. Confirmó en el tabulario el por ciento de su incapacidad y pasaron sus papeles adelante.

—Se le pagarán quinientos pesos dentro de unos meses. Tiene 50 % de inutilidad.

La tía Úrsula le echó los brazos al verlo llegar.

—¡Gran Poder de Dios qué desgracia! Te fui a vel dos veces pero estabas dormido con drogas.

Después pareció olvidarse. —¿Sabes que la nena viene del Nolte? Me escribió esta semana.

Dolores dejó la mano escondida en el bolsillo del pantalón y la tía siguió hablando de sus planes. De su hija, del futuro viaje al Norte. Y en su bolsillo los latidos picoteándole la carne.

* * *

Al atardecer, no aguantó más. Tenía que regresar a la montaña. El camino se le hizo largo pero tenía que llegar. Era un inmenso deseo de llegar. Cuando se encontró solo en la estrechez del camino sintió una sensación desintegrante. No acertaba a retener los pensamientos. Era un correr de ideas en remolino. Un querer huir de todo y un no querer enfrentarse al nudo de sangre...

La fatiga le vencía mientras la noche avanzaba serena y clara. Rendido ya por el cansancio se tendió en las primeras tierras del viejo don Bauta. Y se sintió en su casa.

La luna llena clareaba sobre las vegas cubriendo el campo reverdecido de un reflejo brillante.

El tabacal lucía los cuerpos de sus hojas anchas, gomosas y duras. Un silencio misterioso las sostenía inmóviles como para ser contempladas en toda su hermosura carnosa; en todo su verdor iluminado. Una, dos... veinticinco... miles de hojas sobre las vegas paradas, en la cumbre del cerro, en las laderas, posando al relente; quietas hojas maduras en promesa de abundancia.

Lolo Guerra permaneció sorprendido mirando las primeras matas junto al claro donde se había echado a esperar la claridad del día. Las miró como el que contempla un milagro y sintió la incitación al tacto. Estiró el brazo y quiso palpar la hoja hermosa pero sólo alcanzó rozar su borde con el muñón herido...

Ya no le dolían las cicatrices. Pero sintió muy adentro una desgajadura profunda y pensó de sí mismo como el que recuerda a un difunto. Dolores Guerra había muerto. Hundió la cabeza sobre el pecho y oyó que desde el silencio de las hojas le gritaron: ¡Lolo Manco!

JOSÉ LUIS VIVAS

José Luis Vivas es un escritor movido por honrada preocupación didáctica. Ello da, a buena parte de su producción cuentística, cierto tono moralizante que resulta ajeno a las expresiones literarias de los demás escritores de la promoción del cuarenta. Siente tierna afinidad y comprensión por la infancia y la adolescencia, hecho que se traduce en la creación de personajes infantiles o juveniles conmovedoramente convincentes.

Maestro de español en el Colegio San José de Río Piedras, escribe y estrena, en dicha institución católica, *Sonríen al morir,* drama que tiene como trasfondo histórico la época de la persecución de los cristianos en la Roma imperial. Sus primeros cuentos empiezan a publicarse en la prensa del país, especialmente en la revista *Alma Latina.* Parece cierto —a juzgar por las narraciones de ese período— que el bagage literario inicial de este escritor proviene de las literaturas española e hispanoamericana muy anteriores al 1940.

Vivas abandona el magisterio, por un período de alrededor de dos años, e ingresa como escritor en la Unidad de Editorial de la División de Educación de la Comunidad. Aparte de su producción de carácter pedagógico para dicha agencia, se acerca ahora a las nuevas modalidades del cuento puertorriqueño bajo el influjo o estímulo de otros escritores de su promoción. Algunos de sus relatos de ese período se publican en la revista *Asomante* y en *Palique.* Revelan a un buen narrador, experimentando aún con las nuevas técnicas, pero capaz de agudos atisbos sicológicos y con un manejo muy eficaz del diálogo.

En 1955 publica José Luis Vivas su primer volumen de cuentos, *Luces en sombra,* el cual obtiene uno de los premios del Instituto de Literatura Puertorriqueña. Es libro de valores desiguales en el que se incluyen narraciones recias de corte moderno junto a otras de factura endeble y tono azucaradamente sentimental.

De dicha colección son los dos cuentos que se incluyen en esta antología, a nuestro juicio, los mejores del autor hasta la fecha. En *El fósforo quemado* el cuentista sigue, según señala Concha Meléndez, la corriente existencialista iniciada por otro escritor de su promoción. Echamos de menos aquí, sin embargo, raíces auténticamente puertorriqueñas —políticas o sociales— al plantearse el problema existencial. *Interludio,* en cambio, nos trae lo que interpretamos como símbolo de una realidad muy puertorriqueña. Símbolo dramático y original, además. Nos referimos al mutismo del protagonista, casi mudez cuando se trata de la comunicación con sus iguales —los adultos— y que sólo se rompe para comunicarse con un ser intelectualmente inferior: el niño.

El personaje de *Interludio,* habitante patético del crematorio, que Vivas certeramente nos caracteriza en su cuento, resulta para nosotros símbolo de la incapacidad del hombre puertorriqueño para expresar en su propio idioma aquello que más hondamente siente, incapacidad desarrollada durante sesenta desorientadores años de ambivalencia, no sólo lingüística, sino también espiritual. Tartamudear o hablar mal el idioma propio, y enmudecer cuando más alto y más virilmente debería gritarlo, es, sin lugar a dudas, característica muy del puertorriqueño. Por ello juzgamos tan ajustada la realidad simbólica que el autor nos revela en *Interludio.*

José Luis Vivas se reintegra a su quehacer didáctico en el Colegio San José escribiendo, en forma de monografía, una Historia de Puerto Rico, que pronto se utiliza en escuelas públicas y privadas. Durante el Festival de Teatro de 1958 aborda, por vez primera, la crítica teatral.

Hoy el joven autor se encuentra en Nueva York concluyendo su Maestría en Artes en la Universidad de Columbia. Tiene en preparación dos libros de cuentos, *Por ahí* y *A vellón las esperanzas*. Escribe, además, su primera novela, *Gabaón*.

AUTOBIOGRAFÍA

Nací el año de 1926 en Aguadilla, Puerto Rico. Desde pequeño me interesó escribir y leía vorazmente en mis primeros años. Estudié en mi pueblo natal hasta cuarto año de escuela superior (1942). Más tarde, fui a la Universidad de Puerto Rico. Tras dos años de estudio, dejé la Universidad y comencé a enseñar en Camuy. Al año siguiente viví en Nueva York, donde trabajé de fogonero y cartero postal. Ese año (1945) escribí una novela romanticoide: *Destellos umbríos*, la que eché al fuego años después. Regresé a Puerto Rico en el 1946, yendo a Lares a enseñar en la escuela superior. Allí escribí *Bocetos* (1947), una serie de impresiones de tierra y seres puertorriqueños, que aún permanece inédita. Regresé a la Universidad a completar mis estudios, graduándome en el 1956 de Bachiller en Artes. Trabajaba entonces como maestro de escuela superior en el Colegio San José de Río Piedras. Durante el bienio 53-54, trabajé como escritor para la División de Educación de la Comunidad y publiqué en el 1955 mi libro de cuentos: *Luces en sombra* (premio del Instituto de Literatura). Soy casado con Mirta Miriam Cuevas y hay dos hijos en nuestro matrimonio: José Felipe y José Manuel. En el presente, estudio en la Universidad de Columbia mi Maestría en Artes.

¿Qué concepto tiene usted del cuento como género literario? ¿Por qué cultiva usted este género?

Hasta el momento que escribo estas líneas, el cuento ha sido mi género literario preferido. En él me siento a mis anchas, por la concisión que impone a las ideas y al estilo. Quizás refuerce esta predilección, la raíz poética que hay en mí, y contra la cual he combatido constantemente en bien de la prosa. Dicho aparentemente paradójico, que se explica si se piensa que lo que hay en mí de poeta, gusta de la síntesis del poema, pero no de los recursos poéticos. Me declaro seguidor de la técnica contemporánea de hacer cuento: la plasmación de varios planos en tiempo y lugar para desarrollar la historia; la focalización de un momento en la vida de uno o varios seres; la reconstrucción histórica; la búsqueda del mundo interior de los personajes y la simplificación del estilo hasta donde sea posible conforme a la personalidad propia. Donde no sigo la pauta, es en el evitar la anécdota, para crear un estado emocional, para causar una impresión. Añoro el sentido tradicional del cuento y me ubico en la posición del simple "raccounteur" que tiene algo que contar a los que se sienten a escucharlo. Ocupo, pues, una posición intermedia: del siglo presente acepto la técnica y del pasado cuentístico, que se extiende hasta los años de la prehistoria, la intención de narrar el suceso. Para terminar y aclarando aún más mi posición (y evitar que se me acuse de escritor sin definición), rehuso por el simple hecho de aceptar la técnica que me ofrece mi época, llevar a mis cuentos una visión de la vida, un modo de vivir y unas sensaciones de lo que es el hombre, de aquellos autores que me han brindado la técnica nueva, y que pueden dar en sus cuentos, por razones geográficas, raciales e históricas.

EL FÓSFORO QUEMADO

CERRÓ LOS OJOS. La claridad del sol reflejándose en las paredes le lastimaban. La semioscuridad que se cernió sobre ellos al bajar los párpados, le calmó los nervios, segundos antes tensos como cuerdas de un violín afinado. Desaparecida la visión, aun los ruidos de la calle cercana parecieron acallarse, como si hubiera tendido un velo entre ellos y él. Un músculo en el brazo derecho comenzó a temblar espasmódicamente. Las ideas se agolpaban en su mente como el ganado que se asusta dentro del corral y muge y embiste contra las cercas. Deseaba poner orden en ellas, pero era imposible. Ensayó contar y tras varios instantes de esfuerzo, las ideas comenzaron a aquietarse o a desaparecer. Por primera vez en muchas horas se sintió invadido de un relajamiento casi total. Recordó. ¿Cómo empezó la pesadilla de la noche anterior? Volvió a ver la cara ensangrentada de Alejandro. Era tan real la visión que parecía llegarle el vaho de la sangre coagulada sobre la faz.

—"Yo no quise hacerlo. Fue un momento en que la ira me cegó. Alejandro había sido mi amigo. ¿Por qué lo maté?" —sonrió nerviosamente, y se pasó la mano por la faz sudorosa.

—"Yo he matado un hombre." —Maquinalmente llevó la mano a uno de los bolsillos de su camisa. Con lentitud extrajo una caja de fósforos. Era una pequeña cajita de madera barata. En la parte superior había letras rojas sobre un papel amarillo. Leyó una y otra vez las palabras: "Matches. . ." fósforos. Sacó uno de los palillos, cubierto en uno de sus extremos por la substancia que produce la llama.

Como un flechazo llegó a sus oídos el ruido de las pisadas de alguien que se acercaba. Todo su cuerpo se contrajo en un estremecimiento de terror, como fiera que se agazapa esperando el disparo final del cazador. Trataba desesperadamente de levantarse, de correr por el callejón y no pudo. Aquella parálisis le mantenía pegado al suelo con la fuerza de una prensa hidráulica. Una voz extrañamente lejana se deslizó suave hasta su oído:

—"Periódico" —Luego con fuerza explosiva oyó la misma palabra:

—"Periódico." —Observó al que se acercaba. Era un muchachón con un fardo de periódicos bajo el brazo.

—"¿Quiere el periódico?"

Como un autómata sacó una moneda de cinco centavos del bolsillo trasero de su sucio y rasgado pantalón y la tendió al muchacho que se alejó tras de darle el periódico.

Pasados unos instantes respiró fuertemente. Comenzó a leer. Buscaba la noticias de una muerte. Del asesinato cometido por él la noche anterior. Según iba ojeando los titulares sin hallar mención del hecho, se hundía más en aquella desesperación negra y sorda que le persiguiera desde...

"Asesinato en el Parque Muñoz Rivera." Las letras se borraron ante sus ojos. Haciendo un esfuerzo leyó: "Anoche fue asesinado en el Parque Muñoz Rivera, Alejandro Fernández. El distinguido deportista, hijo del acaudalado hombre de negocios, Juan Fernández, acababa de regresar de un viaje por Europa. El cadáver presentaba golpes en el cráneo y la cara. Fue arrestado un "atómico" como presunto autor del crimen... UN ATÓMICO FUE ARRESTADO COMO PRESUNTO AUTOR DEL CRIMEN Apresado esta madrugada, llevaba consigo la cartera del interfecto y su camisa estaba manchada de sangre humana en varias partes. El fiscal espera poder presentar su caso completo dentro de pocos días y citamos sus palabras: "no tengo NINGUNA DUDA DE QUE EL ASESINO FUE ESE "ATÓMICO." Y la justicia se encargará de hacerle pagar su crimen."

Leyó varias veces la noticia hasta que su cerebro aturdido pudo entender claramente. Estaba libre. ¡Libre! Habían culpado a otro. No más huir como fiera perseguida. Volver a San Juan a continuar su vida de antes. La horrible pesadilla se alejaba de su lado para siempre. Pensó en el "atómico". Con toda seguridad encontró el cuerpo de Alejandro y robó su cartera. Por eso perdía la vida. Y él, que asesinó, estaba libre. ¡Libre! ¡Libre! Comenzó a reír. En carcajadas que semejaban rugidos, dejó salir a torrentes la alegría animal que lo embargaba. Sus carcajadas sonaron profundas en el estrecho callejón y los ecos aumentaron la intensidad de su risa hasta lo ensordecedor. Pasado el estallido inicial, su risa histérica fue disminuyendo hasta que solamente sollozos hondos y amargos salieron de sus labios.

Sacó uno de los fósforos. Frotó la cabeza oscura contra el lado de la caja. El fósforo ardió furiosamente hasta que una delgada y fina llama hizo presa de la débil madera. Poco a poco el fósforo fue consumiéndose quedando sólo una retorcida fibra en sus dedos.

—"Así es la vida" —pensó—. Al final nada, salvo el esqueleto cubierto por hilachas de carne."

Recordó la cara ensangrentada de Alejandro. La sangre en los ojos. La mueca horrible que desfiguraba sus labios.

—"Estoy libre de culpa" —se repitió a sí mismo—. "¿Libre?"

Encendió otro fósforo. Nunca antes había prestado atención al quemarlos. Observó la llama. En el exterior era una delgada lengua amarilla y en el centro ardiendo una diminuta flama azul. Era ésa la destructora. Era esta última la que devoraba el delgado palillo. Escuchando atentamente pudo oír el chasquido de la madera al consumirse. Era un ruido como el de huesos pequeños que se rompen.

—"Soy libre. ¿Libre? ¿Podré sentirme libre verdaderamente? ¿Dejará de perseguirme alguna vez la cara de Alejandro? ¿Podré pasar yo por la vida con el recuerdo de ese rostro? El "atómico" es el culpable. ¿No lo dice así el fiscal? Él debe saberlo. Eres libre."

Encendió otro fósforo. Eso era él. Un palillo encendido que amenazaba quemarse. Sopló débilmente contra la flama. Esta parpadeó pero siguió inexorable. Sopló con más fuerza. La llama amarilla revoloteó y se extinguió, pero la azul se mantuvo pegada a la madera, y al dejar él de soplar, volvió a surgir dando paso a su vez a la primera.

—"Así es mi culpa. Desaparecería con la muerte del "atómico" la exterior, ¿pero mi culpa interna? ¿No hará como la llama azul? ¿No se quedará pegada a mi alma, a mi mente, a mi ser? Libre. Soy libre. ¿Por qué lo sigues repitiendo? ¿Acaso no lo crees?"

Tomó el próximo fósforo con lentitud. Frotó suavemente la cabeza. Una débil estela flamígera recorrió el lado de la caja. A la tercera tentativa se incendió el palillo. Observó la llama temblorosa. Tras ella, la madera incandescente se tornaba roja, luego lentamente oscura y de súbito negra, carbonizada. La flama adoptaba formas distintas, estilizándose, achatándose sobre la madera como si quisiera extraer toda vida posible del delgado palillo.

—"Mi culpa es igual. Me extraería todo reposo, toda quietud hasta dejarme quemado, retorcido. ¿Libre? ¿Libre? ¡Oh Dios mío!, ¿qué he hecho?"

Más de la mitad de los fósforos estaban sobre el

suelo, quemados. Encendió otro. Cuando la llama llegó a la mitad del palillo, apretó fuertemente la flama con los dedos. Sintió el dolor punzante de la quemadura. Sólo duró una fracción de segundo. Nada más. Ya no sintió dolor y la llama quedaba extinguida. Aún la azul se apagó al final.

—"Libre. No. NO SOY LIBRE."

Y entonces la idea que se había mantenido escondida apareció brillante y clara en su mente.

—"Hay que apagar con los dedos la llama azul. No la amarilla."

Sonrió amargamente. Fue a sacar otro fósforo y halló la caja vacía. Miró al suelo y vio muchos fósforos quemados. Súbitamente se dio cuenta que la cara de Alejandro no estaba. Ya no vio la ensangrentada masa ante sus ojos. Y lloró. Lloró larga, queda, dulcemente...

* * *

El barrendero se detuvo y miró hacia el final del estrecho pasaje. Sentía cansancio y malhumor por el trabajo incesante de recoger papel y desperdicios. Se adentró por el callejón. Dos guardias avanzaban hacia él. Llevaban un hombre esposado entre ambos.

El barrendero miró al hombre con indiferencia. Casi al llegar junto a él, el prisionero se detuvo y miró hacia el piso. Por varios instantes observó algo allí y luego ante la señal de uno de los guardias para que prosiguiese, levantó la cabeza, suspiró y continuó caminando entre los dos agentes.

El barrendero se acercó al lugar donde se detuviera el hombre. En el piso vio un montoncillo de fósforos quemados. Se rascó la cabeza, luego se encogió de hombros y tomando la escobilla despreocupadamente, barrió los retorcidos y negruzcos silentes.

INTERLUDIO

El sol relumbra en el agua y en los metales. El reflejo entra en los ojos, haciendo cerrar involuntariamente los párpados, hasta que sólo una línea queda en ellos. El sudor sale al cuerpo y la ropa queda pegajosa al contacto. El basurero municipal se levanta a orillas del mangle. Circundado por aguas estancadas, el lugar no ofrece descanso a los ojos. Solamente mirando a la distancia, por sobre los desperdicios, puede verse la serena línea del horizonte en tintes de pastel. Un caminito se deja llegar hasta la ancha y recta carretera. Allí, encuentra la diagonal gris de su lomo y las visiones de los carros que pasan.

Los camiones de la basura agrandan el basurero, formando montones de desperdicios. Cada hora que transcurre, el terreno cambia; en colinas, en valles, en mesetas. Por entre los desperdicios pasan insectos de formas raras: unos largos y planos que se confunden con la tierra; otros esféricos y de ojillos brillantes; aún otros de antenas largas buscando el camino en su oscuridad de luz diurna. Roedores que son visión de color y chillidos.

Entre los desperdicios que caen de los camiones se hallan abanicos, desvaído el color y rotas las varillas; pedazos de brazaletes y collares de fantasía; trozos de cartas que rigieron sentimientos y emociones; cacharros enmohecidos, sillas destrozadas, mesas, camas; fotografías con el color parduzco de los años.

Entre los desperdicios hay un hombre encorvado. Viste pantalones y camisa oscuros y rotos. Su cara es pálida. Anda lentamente. Sus ojos pequeños van por la basura buscando los objetos caídos. Examina, se detiene, toma algo y lo vuelve a echar en el montón; otras, lo lleva al bolsillo y prosigue su búsqueda. Ha vivido más de veinte años en el basurero. De su vida no recuerda casi nada. La mente tendió un velo sobre el pasado. Hay veces que no se puede recordar o la locura izará su bandera roja sobre los sentidos. Se sabe allí y nada más. Conseguir el trabajo de encargado fue fácil. No eran muchos los que aceptaban vivir entre desperdicios.

Acostumbrado al silencio y a la soledad, parece distanciarse de su raza y es hostil, como los seres casi invisibles que lo rodean. Cuando alguien lo llama, lo hace por el *tú* común. Para él no hay cartas que traigan su nombre. Se ha perdido en el mundo de los desperdicios y se sabe a sí mismo hermanado a ellos. No sabe ni leer ni escribir. A los que traen la basura no les habla.

Son otros sus amigos. Sólo las ratas en la noche lo conocen y chillan su nombre:

—"¡Uiiiiii. . . ! ¡Uiiiiiiii. . . !"

Se ha ido regresando a lo más profundo de su ser y desde allí mira al exterior como lo hacen sus amigos de la sombra y del silencio. A veces en su fantasía, en su deseo de ser algo, le habla a los insectos, a las ratas, a los desperdicios. En esos raros momentos, acierta a salir de su guarida interior y entonces desea ardientemente hablar y reír; llamar y ser llamado.

—¿Cómo me llamo?

—¡Uiiiiiiiii. . . !

—Sí, así es. ¿Será así?

El hombre se detiene en su búsqueda. Los ojos brillantes y negros le miran fijos, curiosos. No son pequeños y huidizos como los otros, son grandes y se están quietos.

—¿Usté trabaja aquí?

Alguien le está hablando. Como en súbita implosión le llega al fondo del alma la verdad. Una cara pequeña, sucia y prieta con pelo crespo que se pega a la cabeza. Es un niño quieto que no huye. Un niño quieto que no huye, de ojos grandes, serenos, que le habla.

Y dice la frase con miedo, tantea las letras, saboreando el placer de articular de nuevo sonidos.

—Sí. . . yo tra. . . ba. . . jo aquí. . .

—¿Cómo te llamas?

—"¿Responderé? ¿Cómo me llamo? Las ratas saben. ¿Y si después de decirle el nombre se va? No, tiene los ojos grandes y quietos este niño de la cara prieta y sucia."

—Yo me... llamo... Uiiiiiiii —y la voz se le pierde huidiza en la garganta.

—¿Luis? ¿Luis qué?

Los años se arremolinan y se confunden y se eclipsan de nuevo. El niño de los ojos grandes ha roto el hechizo. Entonces es cierto que tiene un nombre. No es el uiiiiiiii de las ratas... Luis. En la mente escucha el nombre una y otra vez. El niño no miente, un niño de ojos tan grandes y quietos no puede mentir.

—¿Dónde... tú vi... ves?

—Allí —y el niño señala en dirección del arrabal que se levanta al otro lado de la carretera.

—¿Con... quién?

—Con mi mai.

Nadie debe saber que el niño viene a verlo. Y menos la madre. Se sentirá celosa y no lo dejará venir.

—¿Tú le dices... que vienes... por aquí?

—No ... ésa nunca está en casa.

Hablan mucho, de cosas que sólo saben los niños y los buenos de corazón. Las palabras enmohecidas por el largo encierro, salen primero tardas, cortas, a borbotones, pero según la inocencia del niño va suavizando asperezas, comienzan a surgir a raudales de la garganta de Luis. El hombre que los años han vuelto desperdicio, se siente vivir de nuevo.

—¿Volverás... mañana?

—Sí, volveré Luis...

* * *

Esa noche se confunden los chillidos de las ratas y el rumor de los carros que pasan. En el camastro de la choza donde vive, Luis piensa. Los ojos quietos del niño, la cara prieta y sucia... Y le parece que las partículas de aire se mueven a su alrededor llevándole su nombre. Luis. Lo dijo el niño de los ojos grandes y quietos.

* * *

Ahora ya es otro. El solitario le abre su alma a la inocencia del niño. Le cuenta de ese mundo que le pertenece. Busca para él, las cuentas brillantes, los abanicos rotos, los retratos parduzcos. En su mente entreteje para el niño historias y cuentos. Con palabra tosca y tardía le dice de las cosas.

—"¿Tú ves esta piedra roja? Pues un día... un día fue parte de un collar que usó una dama... bien linda que vivía en un castillo en las montañas de Aibonito... Y este abanico fue de una muchacha, de una muchacha linda que se enamoró de un príncipe que había en las cuevas de Arecibo. Este sable roto era de un militar que murió defendiendo la isla contra los invasores... (—Que las historias no fuesen ciertas, no importaba. El niño las creía, y su risa fresca cambiaba las sombras en luz.)

Han pasado días, semanas, meses. El niño y el hombre se han creado un mundo de risas y soles entre los desperdicios del basurero. Hoy, Luis lo está esperando. Mira la carretera por donde ha de venir el niño. No puede dejar de venir.

—"Tengo miedo que no venga."

—"Luis... ¡Luis! ¿De quién fue este espejo tan lindo?"

—"¿No lo sabes?" Pues cuentan que una vez una vieja hechicera del pueblo de Lares. . ."

Allá viene. Lo ve detenerse a orillas de la carretera y luego corre hacia él. Le grita su nombre y de pronto una sombra amarilla y fugaz, se arroja hacia el niño. Desde el basurero, Luis lo ve desaparecer. Ruido de frenos, gritos, carreras y un sonido de cuerpo que se desmiembra.

Siente cómo la rabia le va oscureciendo el entendimiento. Siente cómo de sus labios contraídos surge un rugido. Quiere correr, desea poder estrujar en sus manos aquella sombra amarilla, que ahora detenida en la carretera semeja un monstruo sangriento. Quiere matar, destrozar. Pero no hace nada. Se mantiene quieto, inmutable. La oscuridad del cerebro va haciéndose de nuevo densa. Casi ya sin ver, ve cómo recogen los miembros despedazados del niño de los ojos negros, quietos y grandes. Se vuelve lentamente, sin comprender, sin pensar, sin saber.

Los camiones agrandan el basurero, formando colinas de desperdicios. Cada hora que pasa el terreno cambia, en dunas, en valles, en mesetas. Por entre los desperdicios pasan insectos de formas raras; unos largos y planos que se confunden con la tierra; otros esféricos y de ojillos brillantes; aún otros de antenas largas van buscando el camino en su oscuridad de luz diurna; roedores que son visión de calor y chillidos. Entre los desperdicios hay un hombre encorvado. Viste pantalones y camisa oscuros y rotos. Sus ojos pequeños, van por la basura, buscando los objetos caídos. Examina, se detiene, toma algo y lo vuelve a echar en el montón; otras se lo lleva al bolsillo y prosigue vagando.

—"¡Uiiiiiiii. . . !" ¿Uiiiiiiii. . . ?

EMILIO DÍAZ VALCÁRCEL

Emilio Díaz Valcárcel, adolescente aún, recibe la influencia y orientación de José Luis González en sus incipientes inquietudes literarias. Ingresa en el ejército norteamericano y va, compulsoriamente, a pelear, como tantos otros puertorriqueños, a la guerra de Corea. El hecho ha de marcar la temática inicial del joven cuentista.

De regreso —veterano de guerra ya— le invade la inercia y el desconcierto característicos de los que han experimentado el impacto moral y sicológico del campo de batalla. Cree que ha perdido todo interés en la literatura. De nuevo el estímulo de José Luis González, reforzado por el aliento que recibe de profesores universitarios de literatura, hacen renacer en él el deseo de escribir.

Los cuentos de este período abordan como tema reiterado los conflictos del soldado puertorriqueño en Corea. Cuadros realistas, vigorosos, de protesta política y social, en los cuales se mueven personajes bien caracterizados, parecen tener estos relatos resonancias del José Luis González anterior a *En este lado* y de narradores hispanoamericanos de la década del treinta, especialmente quizás de los escritores ecuatorianos pertenecientes al llamado Grupo de Guayaquil.

En 1955 empieza a trabajar en la Unidad de Editorial de la División de Educación de la Comunidad. Concluye entonces su colección de cuentos sobre la guerra de Corea bajo el título de *La sangre inútil*. Después de un frustrado intento de publicación, decide no darla a la imprenta. Algunos de los cuentos de este volumen inédito, aparecen, sin embargo, en el diario *El Mundo* y la revista *Asomante.*

A través de sus relaciones personales y literarias con René Marqués y Pedro Juan Soto descubre Díaz Valcárcel su afinidad por modalidades cuentísticas más avanzadas. Amplía con nuevas lecturas sus conocimientos de las literaturas contemporáneas hispanoamericana, estadounidense e inglesa, e inicia su exploración de literaturas europeas del momento, especialmente la francesa. Poseyendo nuevo bagage literario, hay algo que le decide, ya irrevocablemente, a abordar formas difíciles —en términos técnicos y estilísticos— del género. Se trata, según el propio autor, de la lectura del cuento puertorriqueño *Dos vueltas de llave y un arcángel.* Su producción a partir de esa fecha se incorpora, con notables logros estéticos, a la cuentística puertorriqueña de vanguardia.

En 1956 su cuento *La última sombra* obtiene el Tercer Precio en certamen del Ateneo Puertorriqueño. Finalmente, en 1958 la Editorial Arrecife de México publica su libro *El asedio*, que obtiene uno de los premios del Instituto de Literatura Puertorriqueña correspondientes a ese año.

Hay a nuestro juicio en dicha colección dos relatos excelentes, cuatro francamente buenos, uno técnicamente endeble y dos monólogos que no alcanzan la categoría de cuento, razón suficiente para no haberlos incluído en el volumen. En una de las mejores narraciones del libro —*El sapo en el espejo*— Díaz Valcárcel reitera el problema del soldado de la guerra de Corea —veterano mutilado ahora— tema que ya había aportado a nuestra literatura el joven escritor en los primeros años de la presente década. *El asedio* nos revela a un autor con dominio de la técnica, honrada preocupación estilística, mano maestra en la observación sicológica y un aliento poético que dignifica estéticamente los temas sórdidos que motivan la mayoría de sus relatos.

Con posterioridad a la publicación de su libro *El asedio,* Díaz Valcárcel obtiene el Segundo Premio en el concurso de cuentos del Ateneo correspondiente a 1958 por su *Sol negro,* hermoso relato de tema negroide.

El autor se ha acercado también al género dramático vía la televisión con su pieza sobre la guerra de Corea *Una sola puerta hacia la muerte,* televisada por WIPR-TV en 1957.

AUTOBIOGRAFÍA

NACÍ EL 16 de octubre de 1929. Hice estudios universitarios, fui soldado en Corea y he trabajado de vendedor de seguros y guionista cinematográfico. Obtuve la beca de la fundación John Simon Guggenheim. A principios de 1969 vine a Madrid con una ayuda económica del Instituto de Cultura puertorriqueña, ciudad donde aún resido.

He publicado cuatro libros de cuentos: *El asedio*, Editorial Arrecife, México, 1968. *Proceso en diciembre*, Ediciones Taurus, Madrid, 1963. *El hombre que trabajó el lunes*, Ediciones Era, México, 1966. *Napalm*, Editorial ZYX, Madrid, 1971. Y una antología de esos cuatro libros con dos relatos inéditos: *Panorama*, Editorial Cultural Inc., Río Piedras, P. R., 1971.

Novelas: *Figuraciones en el mes de marzo* (Finalista del Premio Biblioteca Breve 1971), Editorial Seix Barral, Barcelona, 1972. *Inventario*. Editorial Cultural, Río Piedras, 1975.

¿QUÉ CONCEPTO TIENE USTED DEL CUENTO COMO GÉNERO LITERARIO?

El cuento literario es una narración cerrada en cuyo centro existe un núcleo argumental, un incidente, un hilo dramático al cual están supeditadas con bastante rigidez sus partes: introducción, desarrollo, punto culminante y desenlace, y en el que pesa de manera definitiva cada oración, cada situación. Es el género literario que más se debe a un equilibrio estético entre lo que se narra y la forma en que se narra.

¿Por qué cultiva usted este género?

Difícil responder a tal pregunta. Sin embargo, diré que, después de leer los primeros relatos de José Luis González, un extraño impulso me obligó a deshacerme de un cúmulo de vivencias, y así vio la luz mi primer cuento (de cuyo título no quiero ni acordarme). En adelante seguí cultivando el relato cuentístico porque me faltaba el aire si no lo hacía... Ahora bien, el hecho de que posteriormente siguiera cultivando dicho género se ha debido posiblemente a mi temperamento. Hasta hace poco preferí el relampagazo del relato breve a la lenta trayectoria de la novela, preferencia que ha ido menguando gradualmente. Por otro lado, cabe señalar que el cuento ofrece más oportunidad para el pulimento que cualquier otro género, más tiempo, debido a su brevedad, para pesar cada palabra, para estudiar con detenimiento los elementos dramáticos, para trabajar en el material hasta dejarlo reluciente en grado sumo; esto sirve de ejercicio al escritor recién llegado.

breve a la lenta trayectoria de la novela, preferencia que na ido menguando gradualmente. Por otro lado, cabe señalar que el cuento ofrece más oportunidad para el pulimento que cualquier otro género, más tiempo, debido a su brevedad, para pesar cada palabra, para estudiar con detenimiento los elementos dramáticos, para trabajar en el material hasta dejarlo reluciente en grado sumo; esto sirve de ejercicio al escritor recién llegado.

SOL NEGRO

Ésta es la canción del bongó
¡Aquí, el que más fino sea,
responde, si llamo yo!

NICOLÁS GUILLÉN

(Canción del Bongó)

EL NEGRO Bernabé Quirindongo sentía que la sangre hervía en sus venas cuando escuchaba un son. Sentado a la puerta de su rancho, alrededor del cual se amontonaban las otras casuchas de la diminuta colonia negra del pueblo, pasaba horas y horas buscándoles sentido a los ruidos. En el borde del solar se apretaba la docena de caras negras de los vecinos más próximos, los ojos encandilados, las manos sarmentosas golpeando sobre las rodillas para estimular a Bernabé Quirindongo, cuyos dedos tamborileaban sobre el tabique, sobre el soberado inútilmente: ningún sonido rico, capaz de igualarse a los que resonaban en su cabeza. Luciana Quiles venía observando al muchacho desde bien pequeño, asomada a la ventana de su rancho; desde un principio intuyó el ritmo que lo torturaba; el negrito era tamborilero de nacimiento.

Mamá Romualda, sofocada detrás del hornillo, aventando las brasas con un cartón mantecoso, se angustiaba pensando en las sonoras frustraciones de su negro. Vendía fritangas que hasta las niñas más dulces y rubias del pueblo comían relamiéndose. En un cacharro, metía moneda tras moneda. El negro Bernabé Quirindondo, negro inútil para la gente, quería un cuero donde descargar su ritmo; molestaba a su mamá, exigiendo para sus dedos ansiosos los parches maravillosos de un bongó. Pa cupá, movía sus labios, pa cupá, pero el tabique, o el soberado o la lata de basuras, bajo sus yemas milagrosas, producían un ruido desilusionante. Las caras negras, apretadas en el borde del solar, sonaban las palmas. La vecina Luciana Quiles, de setenta años, nieta de esclavos, presa de un vértigo que estremecía su cuerpo huesoso, dirigía el grupo con trémula voz de cencerro.

En los sordos atardeceres los cocoteros se volvían sombras metálicas sobre el monte, enrojecía el horizonte y el alma de Bernabé Quirindongo se llenaba de una ruidosa paz sólo expresable con el repique lento de unos cueros. En las mañanas el sol maduraba en las puntas de los pinos, clavaba cuchillos de luz dentro del rancho y Bernabé Quirindongo ("pa cupá", se estremecían sus labios) lo hubiera descrito con un alegro tamborero. Los truenos quemaban el silencio encima de las cumbreras, espantaban la paz de los blancos, rodaban hasta apagarse en los breñales del otro lado del río y Bernabé Quirindongo, mejor que nadie, hubiese copiado su misterio sonoro con sólo hacer trepidar sus dedos amorcillados. Pero Bernabé Quirindongo, negro inútil que golpeaba el aire en busca de un bongó impalpable, se tenía que vaciar por los labios.

—Pa cupá —murmuraba.

Cuando Bernabé Quirindongo fue recluído en el hospitalillo a causa de la hernia, su mamá Romualda Quirindongo se emborrachó y empezó a mendigar con los ojos arrasados en lágrimas. De cada peso recaudado, se bebía medio. Fue un espectáculo del que gozaron hasta los blancos más refinados. La negra recorría las calles en su bata descolorida, dando traspiés, y sus enormes senos se bamboleaban como borrachos; suplicaba, gemía, mendigaba. Luego, a solas, contaba el dinero recogido.

En realidad, nunca se supo si el negro estuvo o no curándose la hernia. Lo cierto es que una mañana, después de los lamentos y de la recaudación de su mamá, apareció en la puerta del rancho con un bongó nuevo. La misma Luciana Quiles, que sabía de esas cosas, le arrancó la etiqueta del precio. Bernabé atacaba los parches y sus belfos seguían la cadencia y emitían sonidos de bongó golpeado: "rroc cotó, ta cupá". Sus ojos, agarrados a la lejanía, parecían encenderse. Su zarabanda no molestaba a nadie: el último marido de su mamá, el hombre colorado que apareció una mañana tirado en los pajonales de la antigua vaquería, se había marchado hacia el centro de la Isla, maldiciendo la costa. Bernabé nunca conoció a su padre. Luciana Quiles sospechaba de un jamaiquino que arribó, veinte años atrás, cuando la diminuta colonia constaba sólo de media docena de cobertizos desportillados, a trabajar en la construcción del puente. Para los efectos, Romualda era papá y mamá del muchacho. El día de Reyes pasado, mientras Bernabé afinaba su instrumento y las caras negras comenzaban a apretujarse asombradas en la orilla del solar, Romualda le regaló un cortauñas.

—Eso e pa que no rompa lo cuero —le dijo. La vieja Luciana Quiles la abrazó. Coc coró pacú, dijo el bongó en tan memorable fecha.

Romualda tuvo muchas discusiones con la gente. Su hijo no era ningún idiota, simplemente le había salido músico; que miraran a ver si en todo el pueblo había alguien, fíjense bien, alguien que tuviese la armonía que tenía él. Los mozalbetes le rodeaban con güiros y maracas, intentando un ritmo. Bernabé Quirindongo no se dignaba mirarlos y sus ojos, encandilados, miraban por sobre los hombros. Cuando sus dedos golpeaban, ni la vecina Luciana Quiles, ni aún su misma mamá, merecían una mirada suya. Era todo concentración. Todo oídos. Bastaba gritarle una palabra al azar para que los cueros dejaran escapar su consonancia junto a los labios murmuradores. ¡Ramón!: rrocotó bembón. Cuando los relámpagos hendían el horizonte sobre los guayabales, permanecía inmóvil, el oído preparado, hasta que le llegaba el sordo rugir del trueno. Sus dedos cobraban entonces vida. Las caras negras corrían bajo la lluvia a oír la maravilla. Boróm bóm, y sus ojos se extraviaban por un instante mientras el oído mágico registraba la ruidosa cadencia.

—Ése e un negro santo —decía la vecina Luciana Quiles—. Va a morí po los oído.

Romualda se sentía orgullosa de su muchacho y lo estimulaba. Pasaba su mano mantecosa sobre la cabeza inclinada de su hijo. Había como una ancestral venganza en aquellas tocatas. Su negro la estaba redimiendo de algo que no comprendía. Se sentía liviana, ágil; algún peso indescriptible la abandonaba siempre que escuchaba el resonar en la puerta de su rancho.

Una mañana, sin que Bernabé Quirindongo la viera, llegó la más clara de las hijas. Tenía el pelo sedoso y los ojos amarillos. Mariana traía a un mulatito de seis meses en los brazos y lo dijo bien claro, para que todo el vecindario lo oyera: el bebé, concebido en uno de los arrabales de San Juan, no habría quien se lo arrebatase. Hizo saber su nombre: Milton, Milton Quirindongo, y se quedó mirando a la gente por si alguien decía algo. Lo criaría aunque no tuviese padre. Para él las mejores mantas del mundo, las miradas tiernas, el mejor biberón, el lecho más blando, las mejores migajas. Bernabé no se dignó mirar a su sobrino, ocupado como estaba. La negra Romualda, de pronto, entusiasmada por el color lechoso de su nieto, dio un viraje sentimental. Sentía que se le ablandaban las rodillas cuando el nieto emitía un berrido.

Vendía de prisa sus chicharrones, descuidaba la sazón de las fritangas, olvidaba dar el vuelto a los clientes. La imagen de su último marido desapareció como una ardilla en un matorral. Nadie más existía para ella. Y Bernabé Quirindongo, con su cara impertérrita, los ojos flameantes, les buscaba sentido a los ruidos. El bebé lloraba: guá, pa cupá. "Se me cayó la sartén", decía su mamá. Ten ten terén, contestaba moviendo sus labios morados y resquebrajados por el silencio. Las caras negras apretadas en el borde del solar, los ojos y los dientes blancos, las manos agitadas, rodeaban su cadencia. Luciana Quiles se estremecía, en trance; un meneo atávico hacía temblar su piel apergaminada. "¡Bernabé! . . ." Merecumbé. Los sonidos saltaban enloquecidos. "¡Mariana!" Barám barambana.

Mariana trabajaba por las tardes. Acudía a fregar los trastes a casa del hombre más rico del pueblo. De allá traía pedacitos de pollo, golosinas envueltas en papel de periódicos para su mulatito. Romualda permanecía en el quiosco, acalorada tras el hornillo, soplando las brasas. Sus ojos venosos se volvían dulces cuando contemplaba al nieto y ya no había palabras sonoras en la casa. No había palabras en la casa, pero el bongó era nuevo aunque tuviera manchas grasosas en el cuero.

Un día el sobrinito de Bernabé amaneció con fiebre. Corrió Luciana Quiles y su media docena de negros: traía un brebaje de yerbas. Llegó un hombre pálido, vestido de blanco, con un extraño collar de goma al cuello. El negro, en la puerta del rancho, esperaba con sus dedos puestos en los parches. Sólo el rumor indistinto del hombre pálido y de las mujeres en el cuarto.

—Doctor —suplicó una voz. Doctor, se repitió Bernabé, y por primera vez sintió la impotencia de no poder traducir la palabra en su instrumento.

—¿No se muere? —preguntó la misma voz. Rrrrrr resonaron los cueros inútilmente, sin vida. Sintió de pronto que una angustia sin nombre se precipitaba sobre él, cubriéndole.

Pasó algún tiempo tratando de atraer a los vecinos, ahora cansados de sus intentos. Luciana Quiles lo miraba con las cejas juntas, agoreramente. Los truenos lograban hacerle caer en una especie de trance: de ahí surgían sus mejores momentos. Pero la enfermedad del bebé preocupaba tanto a Mariana que, en un arrebato de desesperada cólera, rompió el cuero del bongó.

—Mientras él esté enfermo no se hace ningún ruido en esta casa —dijo, y hundió el tacón de su zapato en los parches, que al romperse produjeron un estampido disonante (pruó, pruá), hiriendo los oídos del negro.

Sin bongó, Bernabé Qurindongo se sintió acorralado por el silencio. Las tardes se hicieron espesas, insoportables. Las caras negras se volvieron y presentaron sus cogotes despreciativos. Sus dedos golpeaban sin éxito las paredes, la piedra que servía de escalón, sus rodillas, la banqueta. Romualda no quiso reponerle los cueros. Todo lo que ganaba lo gastaba en el nieto, que iba mejorando en los últimos días. Los vecinos acudían al rancho, pasaban por el lado de Bernabé, sin siquiera mirarle, y auscultaban, enternecidos, el color del mulatito. Bernabé se dio a la caza de nuevas superficies sonoras que sustituyeran su instrumento. Sus labios se movían desesperadamente: ta ta ta. Pero no era lo mismo. Había perdido ya dos buenas tronadas con largos relámpagos encendidos, así como cantidad de palabras a las que les hubiera encontrado su sinónimo rítmico. Una sensación confusa, inexpresable, se iba acumulando en su cabeza. Golpeaba lo que estuviese a su alcance: la jofaina, los cuartones desnudos; se trepaba en la banqueta y aporreaba ansioso la techumbre de lata, que sólo producía un túm túm desesperante. El respaldo de una silla le ofreció una posibilidad inmensa; se abalanzó sobre él, pero al percutir con sus dedos convulsos notó que el sonido salía opaco, derrotado, de tabla empobrecida por la polilla. Se tenía que conformar con una calidad inferior, mientras una serie de impulsos en desbandada le hacía mover los dedos sin cesar. Por momentos parecía golpear los cueros de un bongó invisible, y sus ojos permanecían clavados más allá de los pinos y las cercas de bambú. "Pa cupá", murmuraba; de sus axilas surgía un largo chorrito de sudor.

Por el pueblo se corrió la voz: comenzó como un murmullo supersticioso en la colonia negra, estalló al fin, y saltó de boca en boca por toda la municipalidad, llenando las ocho calles.

—Bernabé Quirindongo no toca más.

—Bernabé Quirindongo, negro inútil.

—Bernabé Quirindongo, negro loco que golpea el aire.

—Bernabé Quirindongo, viudo de un bongó.

Romualda permanecía ciega y sorda ante la necesidad de su hijo.

—No se pué hacé ruido —decía, llevándose el índice a los labios.

Mariana lo miraba cejijunta.

Así, Bernabé Quirindongo vivió aislado en un ominoso territorio de silencio. Asaltaban su memoria la infinidad de ruidos perdidos por falta de un cuero.

Una tarde, mirando al techo en busca de una tabla o algo apropiado para descargar su intolerable tensión, notó que el cielo se había puesto serio. Eran nubes oscuras, que por un momento parecieron escindirse en dos islas: un relámpago había azotado la atmósfera, sobre el largo cuello de los pinos. El cielo parecía un inmenso cuero negro. Afinó el oído, ansiosamente. El trueno rodó por el valle, redondo, magnífico. Los dedos se agitaron. "Burúm, búm", articularon los labios. La lluvia flageló la tierra de pronto como un escupitajo monstruoso. Tic tic tiqui, palpitaron las gotas sobre la cumbrera de lata. Los pinos se inclinaron en una lánguida reverencia. Búm, barúm, le dijo con desparpajo un trueno. Un tacón puntiagudo, luminoso, rajó el cuero del cielo. Bernabé Quirindongo, negro inútil. "¡Bernabé!" le gritaron las voces que traía la lluvia. "Quirindongo", dejó escapar un trueno. "¡Bernabé Merecumbé!" gritó una ráfaga al barrer el seto.

Bernabé Quirindongo sintió que el ritmo maravilloso de la naturaleza lo encerraba en un monstruoso bongó. Sus dedos repicaron frenéticamente contra el tabique. Mariana no podría reprenderle: estaba trabajando en el pueblo. Mamá atendía el quiosco. Búm, se burló un trueno. Tic, tic, tiqui, se reclinó la lluvia a reirse contra el seto. Toc toc toc, golpeteaba gravemente una gota en un cacharro. "¿Dónde está tu cuero cuerón borombóm?", le preguntó una furiosa voz. Sin bongó, el negro Bernabé Quirindongo estaba perdido. Las voces le acosaban en la pequeña sala.

Al abrirse de golpe, la ventana lanzó una carcajada. Toc toc, búm, tic tiqui.

Se arrojó al soberado y machacó hasta que le dolieron las yemas. Pero sus dedos no lograron arrancar de las tablas el mundo de sonidos increíbles que martillaba en su cerebro. Búm, barúm, tiqui tic, toc cotó. Desde el cuarto la voz del bebé le llamó quedamente:

—Guée, Bernabé.

Sus gruesos labios se estremecieron: "Guée, merecumbé." Barúm, le retó el cielo. "Al negro Bernabé Cumbé Quirindongo Dongo le falta un cuero cuerón borombón", le susurraron al oído. Toc toc tiqui.

—¡Guée! —le volvió a llamar su sobrino.

La rama de un árbol daba palmadas en la espalda de la casa: tac, tac, tac. El viento silbaba su burla ante los dedos impotentes.

—Guée —llamó por tercera vez el bebé.

Bernabé Quirindongo fue hasta su sobrino y lo miró seriamente, circunspecto. El bebé se retorcía entre las mantas, esgrimiendo sus puñitos. Guée, merecumbé. "¿Dónde está tu cuero, negro inútil?", le dijeron al oído. Búm barúm. La frente lisa, de cuero joven. . .

Ta cupá, sonaron los dedos prodigiosos en el cuero de la frente.

Búm, barúm, golpearon en el pecho.

Los truenos lo retaban, búm, barúm. "¡Ja!" rió la ventana.

El negro Bernabé Quirindongo sudaba arrancándole ritmo a su nuevo cuero. La tensión cedía: había descargado gran parte de su ritmo y sentía que tenía aún mucho más que expresar. Mientras siguieran las tronadas, las llamadas, mientras le susurraran palabras sonoras, tendría golpes maravillosos para ripostar. Ta cupá, búm.

Hasta que las uñas de Mariana se le prendieron desesperadamente y le lanzaron al piso. ¡Guap!, crujió sin la menor acústica el soberado. Los gritos de Mariana eran imposibles: ninguna calidad sonora había en ellos. Los rostros negros se apretaron a la entrada del rancho, con Luciana Quiles al frente, alzando los puños en medio de la centelleante penumbra, bajo la persistente lluvia; querían matar a Bernabé Quirindongo, negro inútil viudo de un bongó.

Mariana lo pateó fuera de ritmo.

Llegaron Romualda y un policía: tuc tuc, sonó la

macana con afortunado compás de clave en la cabeza del negro.

Mamá Romualda gritaba en forma desagradable, desafinada.

El policía agarró a Bernabé y se lo llevó bajo la lluvia.

Pa cúm barúm, le gritaba el cielo.

—Pa cupá, pa cupá —iba diciendo él.

EL SAPO EN EL ESPEJO*

I

ESTO sucedió en la tarde, cuando el sol gateaba aún por las cumbreras y los árboles atrapaban el candente gemido del viento.

Él se esforzaba por pescar la palabra perdida al otro lado del tabique, rodando su silla de ruedas hasta tocar la pared, obstinado en llenar las horas vacías con un sabor que no fuera el de su cuarto apretado de soledad. La mujer había salido desde temprano y sus palabras, desbordadas en una mezcla de furia y dolor, no resonaban ahora con aquella capacidad de límite, de muro o de guardarraya, con aquel acento definitivo que le apagaba a él la protesta.

Es lo único que te queda, pensó. Y volvió a sentir asco de sí mismo. Un asco crecido como un hongo oscuro en su interior, oculto, pero vivo, siempre presente. *Eres un animal inmundo, el espejo te lo ha dicho.* Y la desesperada intolerancia de la mujer (No

* Del libro *El asedio*, 1958.

lo hagas, cualquier cosa menos eso, cualquier cosa), emergiendo de anoche, de esta mañana, de incontables días anteriores a hoy, rondaba otra vez sus oídos. ¿Qué otra cosa?, había replicado, desalentado, mientras ella ocultaba la achinada lividez de su rostro esperando a que el deseo (el absurdo, inconcebible deseo) se desdibujara como un campanario al comienzo de la noche.

Es lo único que puedes hacer viéndola descender las escalinatas del colegio, o apareciendo repentina en el atrio de la iglesia, enmantillada, radiante como el color del domingo, o paseando a su lado a lo largo de los brillantes atardeceres, con aquella cualidad majestuosa de sus pasos, bajo los robles, o simplemente descubierta a la distancia, vestida de rojo; percibiendo el dulce olor a chicle que envolvía su aliento algunas tardes; viéndola y sintiéndola y oliéndola en una rápida y sucesiva procesión de imágenes increíblemente vivas —instantáneas de cada minuto compartido con ella.

—Todo fue por un descuido —se escurría la voz al otro lado del tabique—. Bien claro se lo dije: fíjate en la hora, nena. Debe de estar por venir. No quiero que me encuentre en esta casa. Tu marido es un hombre muy celoso.

La voz, monótona, afelpada, tocaba sus oídos. *Tú no debes hablar, animal inmundo.* Nuevamente el asco se le trepaba garganta arriba. *¿Por qué existirán los espejos, nunca conciencia para algunos hombres?*

Tendió la vista sobre el impecable rectángulo de

la cama. La cómoda de espejo reluciente, el piso mil veces barrido, los muebles lustrosos donde no lograba acumularse un día de polvo, gritaban la presencia de la mano de ella, una mano extraordinariamente hacendosa de un tiempo a esta parte, como si la increíble pasión que antes la encendía para la caricia la hubiese desviado hacia esa implacable compulsión de luchar contra la mínima partícula de polvo.

Enderezó la mirada y el espejo le devolvió un mentón firme enmascarando su íntima flojeza, dos ojos aletargados, y una puerta cerrada a la esperanza, detrás suyo. Era la puerta por donde ella había entrado con alegría o furia por más de cinco años; la que se había cerrado cálidamente, propicia, la noche de la boda, aquel verano, después de las bebidas, los apretones de manos y el arroz llovido sobre las cabezas, aquel verano perdido, cuando todavía podía calcular la elasticidad de aquel cuerpo sin que ningún amago de derrota se le coagulara dentro. Ahora esa puerta habla de soledad aunque ella le cubra de besos y le diga que está allí allí allí para restarle calidad a su dolor.

Hizo rodar la silla hasta la cómoda, sin dificultad, con la naturalidad con que hubiera caminado antes, y extrajo la botella de ron de una gaveta.

II

Esto sucedió en la mañana de ese mismo día.

Ella le empujaba el rostro, la mano apretada contra la frente que embestía con sólo el apoyo del cuello y del torso (porque él había perdido las piernas hacía un año, en aquella cerrada noche coreana, a las orillas de un arrozal arruinado, en medio de la noche rota de resplandores, cuando llevaba cuatro años de matrimonio), los dedos de uñas rojas empeñados en el rechazo.

—Es lo único que puedes hacer —dijo él de improviso, entre sus rodillas—. ¿Cómo acercarme a ti en la forma en que tú me necesitas?

—Me basta con que me quieras. Lo otro es un pecado. Y una porquería. Yo no sabía que podías caer tan bajo.

—Yo no tengo la culpa de que existan las guerras.

—Puedes vivir sin eso. Tú necesitas rezar, necesitas rechazar los malos pensamientos.

—Te estás engañando. Quieres engañarme.

—Es un pecado. Lo que tú quieres no es amor.

—No tengo otra manera de demostrártelo.

—Sé puro, ya que no puedes hacer lo otro.

—No reces. Echa ese rosario a un lado y deja que te quiera a mi manera.

—Eres asqueroso, retírate.

De nuevo la frente entre las rodillas *la limpieza no es tu mundo.* "¡Sucio!", el grito de la mujer le llegó junto con el rodillazo en el pómulo. "¡Sucio!"

La vio saltar de la cama y ponerse el traje enfurecida. Luego la puerta se abrió a sus espaldas. En un chispazo de lucidez vióse en el espejo: los brazos tensos sosteniéndolo como dos patas, el tronco echado sobre los muñones, y la imagen de un sapo zigzagueó en su cerebro. (Exactamente como la primera vez que él intentó hacer *eso*, diez meses atrás, el día después de su llegada; la sorpresa de ella fue tan grande que pasó la noche riendo nerviosa y continuamente, el rosario temblando en sus manos, mientras él, culpable, se agitaba entre las sábanas, dando pequeños saltos. Se sintió inmundo y la imagen del animal se le grabó en el cerebro. Esa noche, bajo el bombillo, en el aire líquido y amarillento, el espejo había golpeado de muerte su esperanza.)

Mirando la puerta por donde ella se había ido, viéndose de reojo en el espejo, arrugó el entrecejo para ocultarle una lágrima a su orgullo.

—Yo no lo hubiera hecho por nada en el mundo —continuaba la voz al otro lado de la pared—. Tengo mujer y tres muchachos. Ahora dígame una cosa: ¿quién en mis circunstancias se iba a meter en la boca del lobo? Pero ella insistió hasta el último momento. Y yo la complací. Soy un hombre completo.

Pueden hablar, son seres humanos, pueden hablar de esas cosas. Ella aceptaría a un hombre como ése. No tienes la culpa de que existan las guerras. Has llegado muy bajo. ¿Qué haces detrás del rosario? No te escondas, no te engañes. Me necesitas.

El piso fulguraba con el sol estival que se deslizaba desde la ventana. El aire apenas refrescaba la piel del hombre.

—Si hubiera sido una mujer cualquiera, no me hubiera arriesgado. O por lo menos hubiese conseguido un buen reloj. Yo no sabía la hora que era.

El calor era intenso en el cuarto. Subía en cálidas espirales desde el estómago en llamas. El hombre sentía que el cuarto giraba, que se le escapaba el piso bajo la silla.

No quiero llegar a la muerte. ¿Cómo acercarme a ti en la forma en que tú me necesitas? ¡Sucio, sucio! Animal inmundo.

La botella resplandecía al lado de la silla. En el espejo había una puerta cerrada a la esperanza.

—Sentí los pasos en la escalera y no me dio ni tiempo a ponerme los calzones. Entonces me metí en el closet. La puerta se abrió en esos momentos. Fue la primera vez que recé en muchos años.

Las palabras venían girando a través del seto. El sudor humedecía la frente del hombre, sus manos, su espalda, la almohada detrás de la espalda. Sacudió la cabeza para desprenderse la línea de sudor que bajaba por su frente y sintió que el cuerpo ejecutó una cabriola. Enfiló su silla hacia la cama y se descolgó con rapidez por un pilar hacia el piso.

De espaldas en el suelo, en el sopor de la tarde veraniega, escuchaba y sentía el golpe de las palabras.

—Después me decía muerta de la risa: lo que eres tú no vuelves a hacer maldades. Parecías un sapo entre la ropa sucia del closet. Un mismito sapo muriéndote del miedo.

La palabra "sapo" le ahuyentó la modorra. Una idea largamente incubada (pero no aceptada del todo, rechazada porque encerraba una completa derrota) giró una milésima de minuto hasta posarse frente a sus ojos, precisa, semejante a una placa de metal con inscripciones al relieve. Leyó la palabra, comprendiendo que había comenzado a desmoronarse su último baluarte de hombre. "Sapo", susurró mientras el cielorraso se le escapaba. Pensó que era la palabra clave de su existencia, la que la mujer guardaba en algún lugar inaccesible, cuidadosamente, como cuida un avaro la numeración de su caja de seguridad; la palabra generadora que le imprimía renovado aliento para mantener viva su intolerancia.

Sapo, el espejo te lo ha dicho.

El calor se desbordaba, agresivo e incontenible. *Sapo, el espejo te lo ha dicho.*

Husmeó vagamente el aire, aventando las narices en procura de humedad, pero encontró una atmósfera densa, poco menos que irrespirable.

Se volteó y codeó en dirección del baño.

IV

La puerta de la calle se abrió y la mujer asomó la cabeza atalayando de inmediato, de un vistazo, el interior. Se enderezó, permaneció indecisa, medio cuerpo fuera, y caminó luego hacia la cama, pasando la silla desocupada. La botella vacía la hizo estremecer. Estuvo parada en medio de la pieza, intensamente pálida, buscando una palabra apropiada para romper el silencio de piedra, prometiéndose fuerzas para afrontar lo que todavía no se había puesto a imaginar.

—Vengo a buscarte —dijo—. Vengo a demostrarte que todavía podemos ser felices. Donde estés, escúchame: no quiero que suceda lo de otros días, soy tu mujer. Quiero obedecerte.

Escuchó un murmullo sordo que parecía venir de bajo tierra; tenía las venas del cuello hinchadas.

—Tienes razón. No tienes la culpa de que existan las guerras. Espera a que te toque, todo será distinto de ahora en adelante.

Le estaba hablando a los muebles, a la abandonada silla de ruedas, palpando en el aire espeso la presencia del hombre. Pero un murmullo similar al primero le llegó desde el baño.

—¿Estás ahí? —dijo alargando su fino cuello—. Me hubieras esperado. No sería capaz de abandonarte. ¡Nunca! ¿Me oyes? ¡Nunca!

V

Agachado, la cara ladeada y los ojos brillantes por la claridad que venía de afuera, tuvo que volverse para abarcar la silueta de la mujer; estaba de pie contra la luminosidad exterior, creciendo hasta deformar el marco de la puerta; estiró las manos hasta posarlas sobre la espalda del hombre en un esfuerzo por conjurar la sensación de asco que la embargaba siempre que él la miraba desde aquellos ojos agrandados por la súplica.

—He vuelto —dijo—. Viviremos otra vida: la que tú quieras que vivamos. No sabes lo que he sufrido desde que me fui. Sólo haré tu voluntad.

Advirtió que no era una súplica lo que agrandaba los ojos del hombre, y contempló la culpa de sus propias manos, las que en los últimos tiempos habían sido sólo instrumentos de rechazo. Él la miraba con la cabeza sesgada, un poco desconfiado.

—Soy yo, escúchame.

Pero el hombre no parecía escuchar. Ella chasqueó la lengua en un llamado a la dulzura. Tenía esperanzas de que el miedo que veía crecer en aquellos ojos desapareciera como sentía ella desaparecer su intolerancia de antes.

—¿Por qué has venido solo al baño? No vuelvas a hacerlo. Soy tu mujer, háblame

Sus dedos, anclados sobre la espalda enconchada, tiraban hacia afuera con trémula insistencia, hacia la puerta definida por tres líneas luminosas, prometiendo lo que en los últimos meses había sido tumba para la lujuria.

—Ven. Haremos lo que tú digas. Ven.

Su voz temblaba. La risa nerviosa, entrecortada, iba formándose en el fondo de la garganta. Los dedos sobre la espalda empezaron a temblar. Entonces él no pudo resistir por más tiempo la angustia que comenzaba a paralizarle cada nervio, cada músculo, y saltó dos veces hacia el frente, croando.

SALVADOR M. DE JESÚS

Salvador M. de Jesús es, de la promoción del cuarenta, uno de los escritores que más escasa y esporádicamente ha salido a la palestra literaria. Se inicia publicando en *Alma Latina* dos cuentos: *Íntegro* y *Retazos* (1951). En la misma revista y un año después, aparece *El extraño visitante*. *Asomante* publica en 1956 otro cuento del autor, *Lágrimas de mangle*, patético relato de fabricantes de ron clandestino en los mangles de Cataño, tema —que sepamos— inédito en nuestra literatura hasta ese instante y que sóio el folklore musical había explotado festivamente décadas atrás con la "plena" *Los muchachos de Cataño.*

Al iniciarse como escritor, Salvador M. de Jesús ha abrevado en aquellas precarias fuentes cuentísticas españolas e hispanoamericanas que los textos escolares podían ofrecerle. El uruguayo Horacio Quiroga probablemente sea el escritor extranjero que más impresionara al joven autor en sus años formativos.

A partir de 1956, sin embargo, se descubren ya en sus cuentos resonancias —tanto técnicas como estilísticas— de las nuevas modalidades, quizás captadas a través de los narradores puertorriqueños de su misma promoción.

Desde los comienzos de su labor literaria, se revela De Jesús como narrador vigoroso, con notable poder de observación y síntesis, capaz del análisis sicológico y poseedor de una visión dramática del mundo que le rodea.

Ese mundo inmediato, del cual extrae temas y ambiente, es el pequeño pueblo de Cataño, aldea casi, con algo de arrabal, que languidece económica y socialmente al otro lado de la bahía, mientras avizora con resentimiento de pariente pobre las luces brillantes de la tan próxima y ostentosa capital. Puertorriqueños moral o económicamente depauperados, frustrados y dolientes, moviéndose en el trasfondo sórdido de varios sectores de Cataño, protagonizan los relatos de este joven escritor.

Salvador M. de Jesús tiene ya, listo para la imprenta, su primer libro de cuentos. Aparte de su labor cuentística, se inicia recientemente —inversión del proceso que podría considerarse natural— en el cultivo de la estampa literaria. Varias de las suyas aparecen en el semanario *Educación* del Departamento de Instrucción Pública. Desea acercarse ahora al género novelístico. Al efecto, prepara el plan de su primera novela.

AUTOBIOGRAFÍA

CATAÑO, QUE fue barrio rural de Palo Seco y luego de Bayamón, adquirió título de municipalidad a mediados del 1927. Ese mismo año, en el mes de octubre, me tocó nacer. Por pura suerte, pues nací en el ya Municipio de Cataño. Crecí y he vivido siempre en el mismo lugar.

A los veinte años casé con Lucy Santana. Tenemos una hijita de ocho años, Ruth Miriam; actualmente esperamos un nuevo crío.

Nunca he estado en el ejército. Cuando la Segunda Guerra Mundial era muy joven; más tarde, al estallar el conflicto de Corea ya estaba casado y con una hija. Afortunadamente no fui llamado al servicio obligatorio. De modo que no he tenido experiencia militar. No obstante, eso no fue óbice para que esa guerra me tocara muy de cerca. En ella perdió su joven vida mi hermano Pablo Antonio, asimismo un hermano de mi esposa. Y eso duele.

Siempre estuve reñido con los estudios, nunca los tomé en serio. Y era verdadera fobia lo que sentía por las novelas y dramas que me obligaron a leer en la Escuela Superior de Bayamón.

He tenido pocos, aunque variados, empleos. Primero, fui mecánico de radio; luego traté de aprender a reparar cajas registradoras; después, trabajé unos días en el laboratorio de una fábrica de cristal. Fue, para entonces, cuando reconocí que los menesteres manuales nunca serían mi especialidad. Por eso, conseguí trabajo en una agencia del Gobierno de Puerto Rico. Actualmente ocupo un puesto en la División de Finanzas del Departamento de Instrucción. El presente empleo requiere que esté viajando constantemente por campos y pueblos de la Isla, lo cual me ha permitido visitar muchos lugares de mi tierra y conocer de cerca a mucha gente de todos los niveles culturales.

Aún no he recogido en un libro el escaso producto de mi quehacer literario. Algunos de mis cuentos aparecieron en la revista *Alma Latina*, cuando la dirigía el periodista José A. Romeu. Otro fue incluído en la antología que a este género dedicó *Asomante*. Ultimamente he venido colaborando, más o menos consecuentemente, en la revista *Educación*, desde que la dirige el señor M. Rodríguez Román. Estoy considerando seriamente publicar un libro de cuentos: *Esta buena gente*. Y he comenzado a trabajar en una novela.

¿Qué concepto tiene usted del cuento como género literario?

El cuento, cual lo conocemos hoy, es la culminación de un largo proceso evolutivo dentro del género mismo. Aunque estimo que no es ésta la mejor ocasión para entrar en consideraciones en torno de su técnica, quiero señalar que —aparte de sus dos tan cacareadas características: brevedad e intensidad— en la anécdota de esta manifestación de la narrativa no se puede, bajo ninguna circunstancia, hacer abstracción del ser humano. (Es fácil notar que en todo buen cuento de animales u objetos inanimados éstos se hallan, en menor o mayor grado, humanizados, cuando no elevados a la categoría de símbolos.) Precisa, pues, que su anécdota, por su contenido de vivencias humanas, deje alguna huella en el ánimo del lector.

Por eso, mientras menos exclusivo el cuento sea, es decir,

cuanto una mayor fracción de la humanidad se sienta incluida en el símbolo que su anécdota destaca o que, en última instancia, comprenda la experiencia vital que ésta evoca, mayor será su agarre y, por tanto, su permanencia.

Diré, para concluir, que —en mi concepto— en la actualidad, es el cuento uno de los géneros de la literatura imaginativa con mayores posibilidades de crecimiento en todas sus dimensiones.

¿Por qué cultiva usted este género?

Si es que voy a contestar la pregunta con toda honradez, tendré que decir que cuando comencé a cultivar el cuento no lo hice deliberadamente. Quiero decir, no fue luego de examinarlo metódicamente y confrontarlo con otros géneros. Si hubo uno o más motivos, como necesariamente debió ser, estos se manifestaron en un plano estrictamente subconsciente. Por eso, un buen día, sin intentos previos y sin estar (dicho sea con perdón de los escritores coetáneos) al corriente de la literatura del último momento, me senté a escribir un cuento, el cual no pasó de ser un bien intencionado esfuerzo. Pero lo cierto fue que me valió para descubrir que ya iba tomando contornos definitivos algo que hasta entonces sólo percibía como una indefinible corazonada: mi vocación por la producción literaria.

Creo, por lo tanto, que esto mismo bien puede aplicarse a cualquier otro género; dentro de mis posibilidades, seguro estoy que emprenderé su cultivo con idéntica devoción.

LA LLAMA DEL FÓSFORO

TREINTA Y PICO de años, cuarenta, casi, y aún ella no sabía cómo era eso. O, acaso, lo sabía...

Un año atisbando todas las noches tras las entornadas celosías. Y durante el día preparándose en la escuela, frente a su clase de sexto grado. Aquellas poses obscenas, aquel constante y provocativo cruzar de piernas; luego: "Juanito, ponte de pie". Y el chiquillo se levantaba encorvado, encogido, escondiendo, hasta lo posible, su región púbica. "Así no, derecho. Y esas manos, fuera de los bolsillos. Así, así está mejor." Pero aquello era sólo un burdo anticipo, un mezquino remedo de lo verdadero.

Un largo año observándolo furtivamente desde la cama. Viéndole llegar noche tras noche, a eso de las diez, excepto los sábados. Los sábados llegaba bien de madrugada, si llegaba, ebrio, estúpidamente borracho. Esas noches olvidaba el ritual. Se tendía en la cama con todo y ropa, con zapatos; y ella no tardaba en percibir su respiración ronca y profunda. Hasta el aliento aguardentoso parecía llegarle. "Ya se ha dormido, pensaba, esta noche no podrá ser." Sentía una rabia cuajársele bien adentro, un odio sin aparente fundamento, pero real, que invariablemente proyectaba hacia él, hacia todo cuanto lo rodeaba. En estas ocasiones, se tiraba en la cama y mordía la almohada salvajemente, y la mañana la sorprendía llorando, como niña recién despechada.

* * *

—Hoy es sábado, si él se olvidara de que es sábado —gemía.

Tan distinto, si tan sólo fuese cualquier otro día. Estaría aguardándolo contando los segundos; presentiría su llegada desde mucho antes de verle aparecer, lo sabría por el golpear acelerado de la sangre en las sienes, por el sabor acre que le iba creciendo en la garganta, por el jadear inexplicable que le sobrevenía.

Desde su inviolable santuario ella lo veía llegar. Primero, tiraba descuidadamente la camisa; luego, la camisilla; por último, los pantalones. Actuaba con pasmosa naturalidad; ajeno al par de ojos que le vigilaban, desentendido de todo cuanto ocurría en el cuarto, ya oscuro, de su circunspecta vecina solterona. Empero, cada acto suyo servía para acrecentar el torrente de reprimidas emociones en la solitaria mujer.

Después, se asomaba a la ventana. Ella observaba cómo el pecho se le llenaba cuando aspiraba el húmedo aire de la noche. Luego, le veía llevar el cigarrillo a la boca. Para entonces, ya ella se sabía impotente, incapaz de alterar o detener el usual devenir de los acontecimientos; éstos se precipitaban, sin posible obliteración, hacia el clímax que aguardaba con fruición.

Entonces, surgía el chispazo luminoso. La llama del fósforo, con su caprichoso juego de luces y sombras, producía un brillo siniestro en los ojos del hombre, cual los de un felino cuando ha logrado domeñar a la hembra. Ella intuía que los suyos debían brillar de idéntico modo, como si entre ambos se produjera ese fluir íntimo que ocurre cuando un cuerpo se funde en otro. Se sentía envuelta en un humo cálido y espeso. El contenido torrente se desbordaba en aquel instante de exceso. Era un espasmo ardiente, fugaz —pero intenso—, como la llama misma de un fósforo.

* * *

Pero era sábado.

Sintió que la urgencia se tornaba incontenible, que hacía crisis. Deseó, con vehemencia, que fuera cualquier otro día, "lunes, viernes, qué más da, pero no, sábado no". Comenzó a moverse por la habitación, los músculos tensos, la respiración entrecortada. No, no debía sentirse así, no podía estar así.

—Si hoy es sábado, hoy es un maldito sábado —aullaba, mientras apretaba su cuerpo contra uno de los pilares de la cama.

En medio de su exaltación se escurrió en la cama. Tomó los fósforos y encendió uno; aguardó un instante fascinada por los destellos de la llama, pero no le dio resultado. Encendió otro, luego otro. Probablemente era asunto de perspectiva (¡tenía que serlo!); tal vez, alejando el fósforo, levantándolo un poco, así. Y la luz se tornó viva y caprichosa, de un brillo abarcador e intenso. Adivinó el fulgor siniestro que se le asomaba a los ojos, se sintió sumida en la tibieza de una densa nube de humo.

Entretanto, a su alrededor, el mosquitero ardía.

VERTIENTE

Pies extremadamente hinchados, surcados de repugnantes grietas, vientre distendido por causa de una avanzada hidropesía, y aquella dolorosa punzada en el hígado que no había cesado de mortificarlo en toda la mañana. En realidad, el regreso a su guarida había sido en exceso penoso. Cuando estuvo frente al agujero, que abierto en la amplia y maciza puerta le servía de entrada, sintió una desmedida satisfacción, como si acabara de realizar una monumental proeza. Cómo había llegado hasta allí era cosa que aún no acababa de comprender. Pero si de algo estaba seguro era de que en gran parte se lo debía al palo de pitorro que por alejarlo del grupo, antes que por amistad, le habían dado.

Para recobrar el aliento se acuclilló frente al consabido boquete que, a pesar de aumentar diariamente en tamaño, a él se le antojaba cada vez más chico, y se lamentó:

—Me he quedao sin resuello.

—Tas quemao, André, ya te ajumas con olerlo —sintió que alguien le gritaba.

—Si te prenden un fósforo al lao esplotas como triquitraque —dijo otro. Y, aunque él no se volvió, sintió que se alejaban riendo.

A gatas, comenzó a penetrar por la abertura. Pretendía no rozar la barriga contra el áspero concreto del piso, pues la piel de todo su cuerpo, y de modo especial la de esa parte, desde hacía algún tiempo padecía de una sensibilidad intolerable. Mas con todo, sin poderlo remediar, sintió en su carne el agudo malestar que le causaba cada rozadura.

Ya dentro, todavía gateando —pues aún no hallaba fuerzas para ponerse en pie—, se movió con dificultad intentando alcanzar su rincón favorito. No pudo lograrlo. Se tuvo que conformar con detenerse a mitad de camino. Y al sentirse abandonado de todo su vigor se tendió allí, boca arriba, en el duro material. ¿Por qué? —se preguntó. Si yo no estoy tan borracho.

Una vez acostado y con los ojos ya acostumbrados a la constante penumbra de aquel abandonado garage —ya que, aparte de aquella rotura en una de sus puertas y alguno que otro agujero en el techo, carecía por completo de toda ventilación— dejó recorrer su vista por la magnitud "viciosa" (así la llamaba él) del recinto. Y todavía no lograba explicarse por qué gastaron tanto tiempo y dinero en construir este *elefante blanco* para luego dejarlo abandonado completamente.

"Ése es el refugio de los *atómicos*", decían algunos

cuando pasaban por allí; refiriéndose, sin duda, a él y al otro con quien compartía aquel techo. De aquel otro él no se atrevía a opinar, pero de sí mismo sí podía dar fe. Él no era un atómico, propiamente dicho. "Yo sólo soy un bebedor en desgracia." De haber podido remediarlo nunca hubiese probado el pitorro, y mucho menos aquellos quemantes brebajes de imposible fórmula que últimamente, apurado por la sed y la necesidad, compartía con su compañero. Por eso estaba convencido de que él era un buen bebedor, sólo que en desgracia.

Pero, realmente, ¿a dónde iría a parar su vida? Casi siempre, cuando la conversación de borrachos tomaba un giro de relativa seriedad, él decía: "Mi vida es un chorro de agua sucia que desciende y desciende, y mientras más desciende más se ensucia, sí, más se ensucia." Y en esos momento piensa: *¿A dónde iré a parar?, si al menos estuviera aquí Julio*

En repetidas ocasiones trató de hablarle de Julio a su compañero de borrachera perpetua. Pero eso era antes. A fuerza de oír aquel: "Ya vuelve con el Julio ése", había cesado de mencionarlo. "Pero, ¿qué va a entender —en voz alta se preguntaba— el tipo ése de Julio, y de la vida, y de nada?"

si al menos llegara Julio —ahora pensaba— *vendría donde mí y me diría levántate y yo haría por levantarme y yo le diría dame la mano y ayúdame y él me daría la mano y yo no me caería y yo le diría ayúdame a caminar y él me ayudaría*

Al poco rato de estar allí tendido, se fue sintiendo

rodeado de un hedor en extremo desagradable. Y tanteando con las manos corroboró lo que momentos antes sólo fuera una sospecha de su olfato: era allí, precisamente, donde ellos acostumbraban mover los intestinos y vaciar la vejiga.

—Si pudiera salir de aquí —imploró, casi. Pero nuevamente le faltaron fuerzas.

Hizo acopio de energías, y: —¡AAYY... Maldita sea...

Ahora se le recrudeció el dolor en el hígado. Y sintió una tremenda punzada que (desde adentro hacia afuera) le laceraba las entrañas. Y el fuerte escozor en la escamosa y estirada piel de su vientre reanudó sus molestias.

Julio viene otras veces y ahora no viene él nunca entra por el el boquete él siempre como que traspasa la pared yo lo he visto y en este momento que es cuando yo más lo necesito es que no viene

Abrió un momento los ojos y vio que ya había anochecido.

yo lo he visto entrar así muchas veces pero el tipo éste no me lo cree me dice que yo tengo el delirio ese tipo no sabe de nada pero yo sí sé y es verdad que lo veo llegar lo que pasa es que cuando voy a tocarlo no se qué se hace pero siempre estoy seguro que él ha venido

Ahora no se daba cuenta de que lloraba.

yo pude ser como Julio un hombre de provecho maldita sea para qué saldría yo de mi pueblo ya Julio me lo decía no dejes la escuela después me decía no bebas no juegues y yo romo y romo y romo Julio es bueno si él viniera y me hablara yo me haría bueno pero él no me ha querido hablar y cuantas veces voy a tocarlo maldita sea no se qué se hace

Luego se dio cuenta de que estaba llorando. Y siguió gimoteando hasta que se cansó. Una vez extenuado, quedó sumido en sueño que, más bien, era un profundo sopor.

* * *

Cuando llegó su compañero fue que despertó o, mejor dicho, que con dificultad salió de aquel enervamiento. Sintió a Toño llamar quedamente:

—André... André...

Andrés no respondió. Estaba disfrutando de aquel inesperado bienestar y no se sentía con ánimos de malograrlo por hacer un innecesario esfuerzo. Empero, permaneció en la espectativa. Y oyó a su amigo quitarle el corcho a una botella y sorber un trago largo y reconfortante. Trató de ladearse para hacerse escuchar mejor, para pedir el trago que ya se había hecho imperativo. Pero, al intentarlo, tuvo la impresión de caer por un hoyo negro y profundo. De su boca se escapó un alarido de terror, y girando sobre sí, con violencia, recuperó la posición original. Tras ese mal momento de breve excitación fue envolviéndole una rara sensación de calma similar a la anterior, pero más abarcadora.

La voz del otro (que había escuchado el grito) le pareció lejana, demasiado distante como para ser digna de una respuesta. Quería, por todos los medios, prolongar aquel instante de sosiego. La ocasión se prestaba más para pensar, para recordar... ¿Quién había construido este edificio tan grande sobre un suelo tan fangoso? Por eso se estaba hundiendo lentamente.

los hombres también se hunden lentamente yo mismo me estoy hundiendo pero aún estoy a tiempo de ponerme a flote

Abrió los ojos.

pero ya todo está negro para mí negro como ese cielo que se ve por ese roto

—¡Mentira, el cielo es siempre azul! —gritó de pronto.

¿Dónde había oído él eso? Ah, sí, fue cuando jovencito. Eso es de una canción. De una canción larga y morbosa. La escuchó en casa de Julio.

—¿Y Julio, dónde está Julio? —volvió a gritar.

—¿Qué diablos te pasa? —preguntó el otro, mientras encendía un cabo de vela.

—¿Dónde está Julio?

Ya el otro se hallaba a su lado y lo zarandeaba con violencia.

—Soy yo, Toño. Cará, está ardiendo de fiebre, está enfermo.

—Julio, llama a Julio.

—Deja al chavao Julio y toma, date un palo —dijo, mientras que con una mano le sostenía en alto la cabeza y con la otra empinaba la botella.

El ardiente líquido rodó de la boca del enfermo

y se escurrió hasta empaparle el pecho y formar con el sucio y el sudor una sustancia pegajosa.

—¡Suruma! Me botastes el último palo que me quedaba.

El cabo de vela parpadeaba. . .

—Julio se fue. . . Se fue Julio. . .

—Cállate, es que la fiebre te hace decil disparates.

La llama se esforzaba en surgir de un diminuto trozo de pabilo que flotaba en un charquito de cera derretida. . .

—Julio. . .

Su boca enmudeció. Se plegó en la misma mueca que adquiría otras veces cuando la borrachera le hacía perder el conocimiento. Pero en esta ocasión con definitiva insistencia. El otro se alejó sobrecogido de espanto. . .

Esta edición de
CUENTOS PUERTORRIQUEÑOS DE HOY
se imprimió en los talleres gráficos
de Banta Co., Harrisonburg, VA,
en julio de 1990.

Se imprimieron 5,000 ejemplares
a la rústica.